낡아가며 새로워지는 —— 것들에 대하여

낡아가며 새로워지는 ── 것들에 대하여

원철 스님 산문집

불광출판사

들어가며

기대를 머금고 가는 길도 길이요,
헛걸음치고 돌아오는 길도 길이다

선인들은 여러 경전의 서문만 모아 다시 책을 만들기도 했다. 경전에 준하는 제목을 달아도 아무 문제가 없을 만큼 서문을 중요시했다. 왜냐하면 한 권의 책 내용을 완전히 소화한 후 한 편의 글로 압축할 수 있는 안목 있는 내공을 가진 실력자라야 가능한 일이기 때문이다. 그래서 무슨 책이건 손에 쥐고서 펼칠 때 본문은 다음을 기약하며 밀쳐 둘 때가 더러 있지만 서문 내지 발문은 반드시 꼼꼼하게 한 줄 한 줄 음미하듯 읽는다. 그 다음 목차를 하나하나 확인한다. 그런 과정을 거치고 나면 짧은 시간에 그 책의 내용과 저자의 살림살이에 대한 감感을 대충 잡게 된다. 알고 보면 서문이 책의 얼굴인 셈이다. 그래서 서문을 쓸 때마다 한 권의 무게만큼 압박감이 더해지나 보다. 이제 열 번째 서문을 쓴다.

시간이 날 때마다 한국·중국·일본·베트남 등 한자문화권의 의미 있는 곳을 찾았고 묻혀 있는 인물도 깜냥껏 발굴했다. 고전에서 많은 명문을 만났고 선시를 읽으면서 밑줄을 쳤으며 글에 얽힌 갖가지 인문학적 역사까지 더듬을 수 있었다. 대중적인 이야깃거리도 양념처럼 찾아냈다. 주변의 관심과 조언 그리고 댓글도 완성도를 높이는 데 많은 도움이 되었다.

글의 힘은 강했다. 모호했던 것들이 문장을 만들면서 다시 한번 사색 과정을 거치고 나면 머릿속이 개운하게 정리되었다. 꼭 들어가야 할 부분이지만 문장으로 풀면 어색한 내용은 괄호 안에 처리하는 방법을 통해 이해를 도우면서 자연스럽게 물 흐르듯 문맥도 살리고자 했다. 가장 곤란한 문제는 현지 발음이 표기 원칙이라는 한자였다. 같은 한문인데 중국과 일본에서 읽는 방법이 서로 달라 한글로 표기할 때마다 머뭇거려야 했다. 인명은 말할 것도 없고 익숙한 북경과 낯선 베이징 그리고 쓰시마와 대마도 사이에서 지명 표기법의 일관성을 유지한다는 것은 대중적인 글쓰기에서 또 다른 장애 아닌 장애였다.

유감스러운 것은, 마감에 쫓겨 감동 거리를 찾아 나선 끝에 쓴 글이 대부분이라는 사실이다. 별다른 '삘'이 꽂히지 않아 헛걸음으로 돌아온 경우도 더러 있었다. 영감靈感은 아무 데나 아무 때나 오는 것이 아니었다. 그럼에도 그 자체로 좋았다. 기대를 머금고 가는 길도 길이요, 헛걸음치고 돌아오는 길도 길이 아니던가. 몇 년 동안 그 길을 오가며, 이런 강제된 글쓰기라도 할 수 있게 기꺼이 지면을 비워 준 일간지 및 언론매체 관계자님들께 두 손 모아 감사드린다. 또 길을 나설 때마다 흔쾌한 마음으로 벗이 되어 준 주변의 도반들께도 고마운 마음을 전한다.

'글감옥'이라고 했던가. 시작할 때 제 발로 들어가면서 괴로워하고 탈고 후에 스스로 빠져나오면서 즐거워하는 알 수 없는(?) 곳이다. 매번 그런 일을 습관처럼 반복하다 보니 몇 년 만에 또 책 한 권을 묶을 수 있을 만큼 양이 쌓였다. 물론 글이 모인다고 책이 되는 것은 아니다. 글 한 쪽 읽는 것조차 부담스러워하는 시대에 책을 만들겠다고 나선 용기조차 어찌 보면 참으로 무모한 일이다. 하지만 거기에 더해 책 제목을 정하고 표지 디자인하느라고 고심한 출판 편집자님들의 땀방울이 페이지마다 스며든 끝에 나온 책 한 권은 무모함에 무모함을 더한 결과물이라 하겠다.

오래된 것들에 축적되는 것은 시간만이 아니다. 수많은 이야기가 켜켜이 쌓여 있다. 그 이야기는 다시 새로운 만남으로 이어진다. 이 책이 코로나19로 인하여 마스크 생활에 지친 모든 이들에게 잠시나마 숨 쉴 틈이 될 수 있길 바랄 뿐이다.

2021년 6월, 나무 그늘이 짙어지는 날
원철

차례

3 삶은 내가 기억하는 것보다 더 아름답다

1

만남은 이야기를 만들고
이야기는 다시 만남을 만든다

아버지 생각나면
냇물에 비친 내 얼굴 보네

미공개 진영을 인사동 표구점에서 만났다. 그 자리에는 진영의 후손과 외손도 함께 자리했다. 설사 500년의 세월이 흘렀다고 해도 뭔가 닮은 흔적이 아직까지 남아 있을 것이라는 생각에 곁에 있는 친인척의 얼굴까지 진영과 비교하며 찬찬히 살폈다. 학봉 종가에서 의뢰받은 김성일(金誠一, 1538~1593) 선생 진영을 그리기 위해 김호석 화백 역시 친인척들이 모이는 자리를 찾아다니며 사진을 찍었다고 한다. 사당이나 지폐에서 흔히 만날 수 있는 '영혼 없는 진영'이 아니라 '살아 있는 진영'을 위한 밑작업이기 때문이다. 게다가 안동 지역에서 자생하는 닥나무로 만든 한지를 사용하여 현장감을 더욱 살리려는 노력까지 더해졌다.

진영의 주인공은 문무文武를 겸비한 선비로써 임진란 때 의병을 모집하러 다니던 비장한 모습을 담기 위해 상반신만 그리는 방법을 사용했다. 정신세계를 제대로 드러내기 위한 가장 좋은 방법은 불필요한 부분을 과감하게 생략하는 일이다. 특히 얼굴 표정을 제대로 살리기 위해 옷(철릭, 위아래가 붙은 옷. 그 위에 갑옷을 입는다고 한다)도 색깔을 넣지 않고 먹선으로 처리했다. 머리에 쓰는 갓笠 역시 전쟁 중이므로 단순한 장식 없는 갓끈으로 처리하여 위기 상황에 대처하는 모습을 강조했다. 여초 김응현 선생의 제자로 서울 인사동과 효자동에서 활동하고 있는 서예가 유천 이동익(攸川 李東益, 1940~) 선생의 화기畵記 역시 글자 수를 최소한으로 하고 작은 글씨로 처리하여 얼굴이 돋보이도록 세심하게 배려했다.

　　진영을 그리면서 현재 후손의 모습을 추적하여 500년 전으로 거슬러 올라가는 방법을 사용했다. 다행히도 학봉의 부친인 청계 김진(青溪 金璡 1500~1580) 선생의 진영이 현재까지 남아 있다. 1572년도 작품으로 73세 때 모습이다. 가까운 조상의 모습이 진영으로 남아 있기 때문에 일하기는 한결 수월했을 것이다. 하지만 너무 낡은 그림이라 표정 묘사에는 크게 도움이 될 것 같지는 않다. 이 그림은 생전에 화가에게 직접 진영을 부탁하여 완성한 후 집안의 정자인 선유정仙遊亭 남쪽 벽에 걸어 두고서 감상했다고 한다. 자기 진영을 가까이 두고 수시로 바라보면서 무슨 생각을 하셨을까?

　　청계 선생은 자녀 교육에 혼신을 다한 어른이다. 47세 되던 해 아내와 돌아가신 아버님 생각나면 우리 형님 쳐다봤지.
이제 형님이 그리우면 어디에서 볼 것인가.

사별했다(그때 학봉의 나이는 8세였다). 하지만 새로 부인을 들이지 않고 혼자 5남 3녀를 키웠다고 한다. 넷째 아들인 학봉 선생은 그런 아버지의 모습을 기록으로 남길 정도로 부친에 대한 애정이 각별했다.

"큰형이 과거에 급제하고 어머니께서 돌아가셨을 때는 자녀가 모두 8남매나 되었다. 대부분 어린아이거나 강보 속에 있었다. 이에 아버지께서는 온갖 고생을 다해 기르면서 하지 않는 일이 없었다."

자녀 교육에 올인all-in한 이유 역시 다분히 전설적이다. 과거를 보러 가는 길에 문경새재 부근에서 어떤 기인에게 "신수를 보아 하니 생生 참판보다는 증贈 판서가 되는 게 더 낫겠구려!"라는 말을 듣게 된다. 부연하자면 생 참판은 살아서 자기가 참판이 되는 것이고, 증 판서는 죽어서 판서 직위를 추존받는 일이다. 관상가의 말대로라면 후손을 잘 키워야 한다는 뜻이다. 그 말에 필feel이 꽂혔는지 과거시험을 포기하고 자식 교육에 전념했다. 어쨌거나 다섯 명의 아들을 모두 벼슬길로 나아가게 하여 '오자등과 택五子登科宅'으로 불리었다. 또 많은 전답을 개간하여 집안의 경제적 토대 마련에도 노력을 아끼지 않았다. 제비집에서 새끼 제비가 떨어져 죽는 모습을 보고 자기 새끼가 아니라서 밀어냈을 것이라고 짐작하면서 새장가를 들지 않았다는 호사가들의 뒷담화 역시 전혀 근거 없는 말은 아닐 터이다.

어쨌거나 남아 있는 옛 청계 진영이 500년 후 학봉 진영을 만드는 데 일조했을 것이다. 그렇다면 얼굴 모습만 물려준 것이 아니라 진영 제작이라는 유산까지 남긴 셈이다. 두 영정을 바라보면서 연암 박지원(燕巖 朴趾源, 1737~1805) 선생이 황해도 금천 연암협燕巖峽에서 돌아가신 형을 생각하며 (燕巖憶先兄) 남겨 놓은 시가 참으로 어울리는 순간이라는 생각이 들었다.

우리 형님 얼굴 수염 누구를 닮았던고.
돌아가신 아버님 생각나면 우리 형님 쳐다봤지.
이제 형님이 그리우면 어디에서 볼 것인가.
두건 쓰고 옷 입고 나가 냇물에 비친 내 얼굴을 봐야겠네.

我兄顔髮曾誰似 　每憶先君看我兄
今日思兄何處見 　自將巾袂映溪行

멀지도 가깝지도 않게,
불가근불가원의 지혜

A스님과 종로 조계사에서 몇 년을 함께 보냈다. 출신지가 각각 한반도의 동쪽과 서쪽인지라 성정이 안 맞는 것 같으면서도 또 그런대로 잘 맞았다. 패키지여행은 싫다면서 의기투합한 몇 명과 더불어 배낭여행으로 두 번에 걸쳐 티베트 라싸Lasa와 운남(雲南, 윈난)성 여강(麗江, 리장)을 함께 다녀온 사이이기도 하다. 때로 좋은 한시를 발견하거나 읽을 만한 책이 있으면 긴 문자로 장황한 설명문을 보내 주던 그가 어느 날 서울 생활을 정리하고 귀거래사歸去來辭를 부르며 땅끝마을을 지척에 둔 유서 깊은 암자로 거처를 옮겼다. 세월은 유수처럼 흘렀다. 올해 단풍도 끝물이었던 지난 주말, 성지 순례팀 40여 명 사이에 끼여 그가 머물고 있는 해남 대흥사 일지암一枝庵을

찾았다.● 헤어진 지 5년 만의 일이다.

'절친(절에서 만나 친구)'인 B스님도 홀로 여행하던 길에 우연히 대흥사를 방문했다가 우리와 조우했다. 전날 도착하여 두륜산 산행과 암자 순례를 마친 그는 사하촌 유선여관에서 하룻밤 묵으며 느낀 이야기를 들려줬다. 그가 묵은 여관은 나름의 전통과 유명세가 있는 데다 주말까지 겹친지라 행랑채 문간방 단 한 개만 비어 있었다. 그런데도 걸어서 10분이면 족할 거리인 익숙한 절집 객실을 마다하고 일부러 민가의 궁색한 방을 선택했다. 완전 옛날식 한옥을 만났기 때문이다.

방은 한 명이 누우면 딱 맞을 넓이였고 재래식 이불 한 채 외에는 아무것도 없었다. 화장실과 세면장은 신발을 고쳐 신고 마당을 가로질러 다녀와야 했다. 다소 불편했지만 모두 이렇게 살던 것을 당연히 여기던 옛시절을 만날 수 있는 기회가 더 좋았다. 지금의 잣대로는 작은 방이지만 그 당시에는 일반적인 크기였다. 차츰 공간에 익숙해지면서 좁다는 느낌도 없어졌다. 오히려 한 사람을 위해 최적화된 공간임을 알게 되었다.

저녁은 소반에 차려진 칠첩반상이었다. 일흔이 넘은 어르신이 앞치마를 두른 '숙수(熟手, 음식 만드는 사람)' 차림으로 1인용 밥상을 손수 들고 왔다. 앉아서 받기가 송구한 뜻을 전하니 "손님이니까요!"라는 대답이 돌아왔

● A스님은 2020년 일지암을 떠나서 지금은 실상사에 머물고 있다.

21

다. 하지만 그릇을 비운 후 물린 밥상은 직접 부엌까지 가져갔다. 손님이지만 손아랫사람으로서 도리를 살펴 행한 것이다.

　우리 셋은 모처럼 한 공간에서 만난 덕분에 답사객이 되어 일행에 합류했다. 조선 후기 대흥사와 일지암에서 초의(草衣, 1789~1866)와 다산 정약용(茶山 丁若鏞, 1762~1836), 추사 김정희(秋史 金正喜, 1786~1856) 세 어른이 모였던 일을 떠올렸다. 불가와 유가가 교류하고 동학과 서학이 만났으며 차와 곡차라는 이름으로 잔이 오가며 우정이 차곡차곡 쌓였을 터이다. 풍성한 편지글과 시문이 오가면서 신분의 겉치레를 뛰어넘어 사람 냄새 물씬 나는 풍요로운 인문학적 정신 문화를 창출했다. 이것이 뒷날 '남도 답사 일번지'로 불리는 배경이 되었다. 하긴 경치 좋은 문화 유적지가 어찌 여기뿐이랴. 그럼에도 '일번지'로 불리게 된 것은 다른 지역과 차별되는 인간 문화 콘텐츠 때문이리라.

　일지암 초당 뒤쪽에서 차인茶人들이 성수聖水로 여기는 유천수를 담은 표주박에 가을차꽃을 띄워 돌아가며 한 잔씩 마셨다. 그런 의식 아닌 의식은 다른 시간을 살았던 초의 선사와 우리 일행이 만날 수 있는 장이 되었다. 멀리 떨어진 요사채로 자리를 옮겨 인도 '짜이chai'를 마셨다. 인도에서 오래 살았다는 '명상 가수'가 직접 만들어 줬는데 그 솜씨가 현지인 못지않았다. 그가 준 차는 때 이른 추위 속에서 가파른 길을 올라온 답사 순례객의 몸을 따뜻하게 녹여 줬다. 일지암을 떠날 때는 우리 일행을 위해 노래까지 불러 주었다. 차와 노래를 통해 새로운 만남이 이루어진 것이다.

나뭇가지 하나로도 충분히 편안한 잠을 청할 수 있는 작은 새의 삶을 추구한 초의 선사가 만년에 머물렀다는 일지암의 원래 구조는 초당과 누마루 달린 기와집 두 채가 전부였다. 볏짚으로 지붕을 이은 찻집과 운치 있는 살림집인 기와집의 만남이다. 두 집 사이에는 물에 비친 달을 즐기기 위해 작은 연못을 팠다. 얇고 넓따란 구들장 돌을 켜켜이 쌓아 올린 초석 위에 굵지 않은 기둥 네 개가 받치고 있는 밋밋한 누마루집이 소박한 초당 과 더불어 대비감을 연출했다.

두 건물은 서로 지척에 있지만 물을 이용해서 자연스럽게 서로의 경계를 나누지 않는 듯이 나누었다. 그야말로 가깝지도 멀지도 않은 관계의 긴장감이 오랜 세월 권태로움 없이 서로 마주할 수 있는 힘이 된 것 아닐까. 그야말로 건축적 불가근불가원不可近不可遠인 셈이다. 인간관계도 마찬가지다. 일지암을 바라보면서 가까운 사람들과 오래도록 함께 할 수 있는 지혜를 새삼 곱씹었다.

정은 도화담의
물보다 깊어라

대구 지역을 중심으로 활동하는 한문학 동호인들 틈에 끼어 일주일 남짓
중국 절강(浙江, 저장)성과 안휘(安徽, 안후이)성 지역을 답사했다. 매일같이 수
은주는 40도를 가리킨다. 더위를 피하려면 차라리 더위 속으로 들어가라
는 동산 양개(洞山良价, 807~869) 선사의 말씀을 온몸으로 실천한 나들이였다.
쉴 때마다 뜨거운 녹차를 돌렸다. 많은 땀을 흘린 뒤라 큰 컵으로 양껏 마
시고 나면 의외로 시원하다. 이열치열以熱治熱 처방이다.

특히 안휘성 선성宣城 경현涇縣에 있는 도화담桃花潭과 회선각懷仙閣의
여운이 작지 않았다. 시인 이태백(李太白, 701~762)과 시골 선비 왕륜汪倫이 헤
어질 때 남긴 명시 한 편 속의 우정이 1,500년 동안 많은 사람 입에서 입으

양해(梁楷), 〈이백음행도(李白吟行圖)〉, 도쿄국립박물관 소장

로 전해지는 문학의 고장인 까닭이다.

강남 지방을 유람하던 이태백이 인근에 머물고 있다는 소식을 들은 왕륜은 별로 내세울 것 없는 평범한 자기 동네로 이태백을 초청하려는 마음을 냈다. 길이가 십 리가량 되는 도화담을 '십리도화(十里桃花, 십 리에 걸쳐 핀 복숭아꽃)'로 바꾸고 만씨가 운영하는 초라한 1인 주점을 '만가주점(萬家酒店, 만 가구나 되는 술집)'이라 표현한 문자 둔갑술을 사용했다. 풍류와 술을 좋아하는 시선詩仙을 유인하는 데 성공한 것은 평소에 그의 시를 흠모한 왕륜 나름의 지혜였다.

도화담에서 멀지 않은 향리에 있던 왕륜의 무덤도 1958년 회선각 부근으로 이장했다. 수력발전소 건립 정책에 밀린 부득이한 일이었다고 한다. 1983년 이러한 과정을 기록한 새로운 중건비를 곁에 추가로 세웠다. 원래의 묘비에는 서두에 '적선謫仙이 제(題, 쓰다)하다'라는 글씨가 적혀 있다. 태백이 썼다는 뜻일 게다. 적선자(謫仙子, 유배 당한 신선)는 태백의 도가풍 이름이다. 왕륜의 관직은 사관(史官, 역사를 기록하는 관리)이라고 되어 있다. 태백을 만난 이듬해 왕륜은 사망했고, 조문을 위해 또 태백이 다녀갔다. 움직임 자체가 역사가 되는 유명 인사가 두 번씩이나 찾은 것이다. 왕륜의 존재 자체가 인문학 역사를 새로 만들었으니 사관이란 이름이 어울리지 않는 것도 아니다.

묘소는 석재를 둘렀지만 봉분 위에는 갖가지 풀과 함께 작은 나무가 제멋대로 자랐다. 관광지에 수없는 사람이 드나들지만 이런 봉두난발조차 별로 개의치 않는 그들의 무심함은 또 다른 문화 상품이다. 옆으로 난 경사로를 따라 잠깐 올라가니 왕륜 사당이 있다. 나무로 만든 흉상 뒤로 그의 자연스러운 옆모습을 그린 전신상을 걸어 놓았다. 입구를 90도 달리하여 회선각을 바라보며 이태백 사당을 연이어 붙였다. 청련사靑蓮祠다. 불가에서는 그를 '청련거사靑蓮居士'로 부른다. 역시 나무 흉상 뒤에 두 사람이 함께 신선처럼 노니는 그림을 족자처럼 드리웠다. 같은 건물에서 칸을 나누고 입구를 달리한 두 사당을 보니 1,500년 전 우정을 잊지 않으려는 후학들의 마음 씀씀이가 더욱 돋보인다.

우애가 매우 깊음을 의미하는 '정심담수(情深潭水, 정이 도화담의 물보다 깊다)'의 현장에서 일행과 함께 읽은 「증왕륜(贈汪倫, 태백이 왕륜에게 준 시)」은 더욱 명품이 되어 가슴에 울림을 더해 준다.

도화담 물이 천 척으로 깊어도
왕륜이 나(태백)를 보내는 정에는 못 미치리.

桃花潭水深千尺　　不及汪倫送我情

집현전 학사들의
템플스테이

"그대가 곁에 있어도 나는 그대가 그립다"는 어느 명상시인의 시집 제목처럼 절에 살면서도 절이 그리울 때가 있다. 도심의 절에 살면서 그 증세가 심해졌다. 살고 있는 절은 근무지요, 남의 절에서 머무는 템플스테이는 휴가지인 까닭이다.

하지만 살다 보면 일하러 남의 절에 가는 경우도 더러 있다. 일하면서 동시에 휴식을 취할 수 있는, 뜻하지 않은 휴가가 된다. 이런 것을 일러 금상첨화라고 하는 모양이다. 밤 9시를 훌쩍 넘기고서야 해야 할 몫을 대충 마쳤다. 여장을 풀고서 창문을 밀쳐 밖을 내다보니 가로등 불빛만이 마당에 가득하다. 성삼문(成三問, 1418~1456)이 집현전 학사 시절 세종에게 사가독서(賜暇讀書, 유급의 독서 휴가)의 명을 받고 이 절을 찾았다고 한다. 그리하여 "위로는 반짝이는 별빛이 부딪히고 아래로는 넓은 평야의 풍성함을 굽어 보네(上磨明星熒 下瞰周原)."라는 시를 남겼다. 그 자리는 어디일까.

고려 때 왕실의 골육상쟁으로 피신한 대량군大良君을 진관津寬 대사가 숨겨 주었다. 대량군은 뒷날 왕위에 올랐고 역사는 현종(顯宗, 992~1031)으로 기록했다. 이후 왕실의 후원으로 이름조차 제대로 없던 토굴절(穴寺, 굴을 판 후 입구는 섶으로 지붕 삼아 얼기설기 덮어 겨우 비바람이나 피하던 움막 같은 절)은 제대로 규모를 갖추었고 그 인연으로 절 이름도 진관사津寬寺로 바뀌었다. 훗날 조선의 건국과 왕권을 다지는 과정에서 억울하게 목숨을 잃은 사람들의 원혼을 달래기 위한 왕실 주관의 수륙재도 이 절에서 치렀다. 또 집현전 학사 십여 명이 단체로 휴가를 받아 글을 읽으러 올 만큼 명성과 사세를 유지했다.

하지만 진관사는 임진란과 6·25전쟁을 거치며 다시 토굴로 바뀌었다. 휴전 후 10년이 흘렀지만 전쟁의 상흔이 그대로 남은 진관사 자리에 젊은 비구니 진관眞觀 스님이 발걸음을 멈추었다. 비록 한자는 달랐지만 옛 진관 스님과 현 진관 스님의 만남이 이뤄진 것이다. 현 진관 스님은 50년 동안 이 가람을 가꾸었다. 어찌 환생이란 것이 따로 있겠는가. 지난 2016년 열반하실 때는 장마철도 아닌데 큰비가 며칠 동안 쉬지도 않고 계속 내린 기억까지 새롭다. 그 유지를 제자들이 한 치도 빈틈없이 잘 이어가고 있는 아름다운 절이다.

이튿날 수륙사水陸社가 있던 자리로 갔다. 주춧돌과 몇 점의 유구가 남아 있다. 언덕 줄기에 올라서니 처마가 겹겹이 이어진 사찰 전경이 삼각산 숲과 잘 어우러져 한눈에 들어온다. 동구 밖에는 한옥마을이 보이고 그 뒤로 평야가 점점이 펼쳐진다. '넓은 평야의 풍성함을 굽어본다'는 성삼문의 글로 미루어 보건대 왕실 행사 담당 부서가 있던 이 자리의 객실에서 묵었던 모양이다. 함께 온 박팽년(朴彭年, 1417~1456)은 "논마다 가득 채워진 물이 한강보다 더 넓고 많아 보인다."는 찬탄으로 글벗의 흥을 더욱 돋우었다.

서쪽의 진관사로 숲을 삼았고
남쪽의 한강을 논물로써 눌렀다.

西林津寬寺　南壓漢江澔

문을 닫은 자가
다시 열 것이다

두어 해 전 여름 중국 절강(浙江, 저장)성 영파(寧波, 닝보) 지역을 다닐 때 여요餘 姚 땅의 왕양명(王陽明, 1472~1529) 선생 옛집(故居)을 방문했다. 유교를 새롭게 정비한 양명학의 창시자로 유명한 분이다. 벼슬살이를 하면서도 마음 수 행을 게을리하지 않았다. 36세 때 유배지 귀주(貴州, 구이저우) 용장(龍場, 룽창) 에서 정진 끝에 심법心法을 깨쳤다고 한다. 임종 때 "이 마음이 환히 밝은데 다시 무엇을 말하겠는가(此心光明 亦復何言)."라는 한마디만 남길 정도로 그 경지가 만만찮았다. 이런 성향인지라 절집과 인연도 적지 않았다. 50세 때 강소(江蘇, 장쑤)성 진강(鎭江, 전장) 금산사金山寺에 들렀다. 사찰 이름이 곧 당 신의 법명이 된 금산金山 대사의 사리가 봉안된 비밀의 방을 열고는 소스라

치게 놀랐다. 50년 동안 개방한 적이 없다는 이 방의 벽에 적혀 있는 글 때문이다. "문을 연 사람이 바로 문을 닫은 사람이다(開門猶是閉門人)."

　　세상은 넓고 이야깃거리도 많다. 중국 명나라 때 일이지만 한반도에도 비슷한 스토리가 전해 온다. 조선 후기 조엄(趙曮, 1719~1777) 선생은 동래부사와 경상감사를 역임했다. 과도한 세금과 과잉 행정은 스스로 경계하였고 잘못된 관행을 시정하기 위해 무던히 애썼다. 늘 백성 편에서 생각했기 때문이다. 1763년과 1764년 두 차례에 걸쳐 통신사의 일원으로 일본을 다녀오는 길에는 고구마 종자를 가져왔다. 보관법과 재배법까지 그의 문집인 『해사일기海槎日記』에 상세하게 전한다. 고구마는 척박한 환경에서도 잘 자라는 식물인지라 흉년이 들 때마다 식량을 대신하는 먹거리로 환영받았다. 그 공로는 뒷날 강원도 원주에 소재한 묘소 입구에 건립된 동상의 모티브가 된다. 줄기와 잎을 드리운 고구마를 손에 쥔 모습이다. 수많은 관리가 수십 차례 통신사로 오가면서 수시로 고구마 간식을 대접받고도 갖고 올 생각은 누구도 하지 못했다. 결국 자비심이 남달랐던 당신 몫이 되었다.

　　동래부사 시절, 선생은 금정산 범어사梵魚寺를 방문했다. 40년 전에 열반했다는 낭백浪伯 선사가 머물던 방문 앞에서 유언에 따라 봉인을 풀었다. 벽에 적힌 한 줄 문장을 마주하고는 전율했다. "이 문을 닫은 자가 이 문을 열 것이다(開門者是閉門人)." 선사는 기찰(譏察, 현재 부산 금정구 부곡3동) 마을 큰길가에서 오가는 사람들을 위해 물과 음식, 잠자리 그리고 옷가지와 짚

신까지 제공하는 선행을 평생토록 베푼 분이었다.

　동틀 무렵 KTX역까지 마중 나온 30년 절친과 함께 기찰삼거리를 찾아갔다. 동洞 이름은 없어지고 현재 '금정농협기찰지점'에서 그 흔적을 만날 수 있었다. 물론 도로명인 '기찰로'는 살아 있다. 없어지다시피한 지명이지만 토박이는 위치를 가늠할 수 있는 곳이기도 하다. 도반이 챙겨 온 세세한 구전 이야기는 물론, 살뜰한 기록 자료 덕분에 제대로 된 답사가 되었다. 곧바로 범어사로 갔다. 숲속의 비석거리에는 아침 햇살이 나뭇가지 사이를 비집고서 일렬로 서 있는 다섯 개의 공덕비를 비춘다. 가운데 있는 약간 큰 비석이 조엄 공덕비다. 낭백 선사의 부도浮屠도 멀지 않은 곳에 있다. 어쨌거나 '닫은 자가 열었다'는 그 문은 두 어른을 이어 주는 환생의 비밀통로였다. 큰 법당 우측 곁에 있는 서지전西持殿 자리였다고 전한다.

전쟁 영웅 사명 대사의
귀거래사

탑비 낙성식에 참석하고자 경남 합천 해인사 비림(碑林, 부도와 비석이 모여 있는 곳)으로 향했다. 일을 주관한 제자는 스승의 고향인 전남 고흥의 돌로 승탑(부도)을 만들었다고 설명한다. 수구초심首丘初心의 승가적 수용이라 하겠다. 비문을 지은 전남 순천 송광사 조계총림 방장 현봉 선사는 "수월(水月, 물에 비친 달)처럼 오셨다가 운영(雲影, 구름 그림자)처럼 사라져도 진흙 속에서 키운 하얀 연꽃의 향기는 남아 있다."고 고인을 찬讚했다.

해인사는 802년 신라 왕실에서 북궁(北宮, 경주 북쪽 여름 별궁)으로 창건한 국영 사찰이다. 수많은 국사와 왕사를 배출했는데도 그 흔한(?) 신라·고려 시대의 화려한 승탑이 한 점도 남아 있지 않다. 다만 임진란 이후 승려

35

들의 소박한 부도들만 가야산 여기저기 흩어진 채 20기가량 전해 온다.

그 가운데 호국 보훈의 달 6월에 참배가 가장 어울리는 곳은 전쟁 영웅인 사명(四溟, 1544~1610) 대사의 탑비라 하겠다. 임진란의 최고 공신이지만 종 모양으로 아담하게 디자인된 부도에 이름조차 새기지 않았다. 그래서 '전傳 사명대사' 즉 사명 대사 부도라고 전해 온다는 애매한 표현을 사용했다. 인과의 법칙을 누구보다 잘 알기에 혹여 일어날 수 있는 반달리즘(Vandalism, 문화유산 파괴 행위)을 미리 경계한 것일까. 비석이 서 있는 평지에서 20여 미터 떨어진 언덕 위 숲속에 숨듯이 앉아 있다. 덕분에 노출된 비석은 두 번에 걸친 반달리즘에 피해를 보았지만 부도는 별 탈이 없었다.

비문을 지은 이는 허균(許筠, 1569~1618)이다. 명문가 출신이지만 광해군 때 역모 계획에 연루돼 참수를 당한 후 곳곳에 남아 있던 그의 행적까지 지워진다. 사명대사비 비문의 저자 자격도 마찬가지였다. 직위를 기록한 여덟 자는 의도적으로 훼손당했다. 용케도 이름 두 자는 살아남았다. 1차 반달리즘이다. 1943년 일제강점기에는 합천경찰서장 다케우라竹浦에게 네 조각으로 깨어지는 2차 반달리즘을 당한다. 다행히도 2년 만에 해방이 되었고 1958년 복원되었다.

허균 집안은 아버지 허엽과 큰형 허성, 둘째 형 허봉, 누이 허난설헌까지 문장가 다섯 명을 배출했다. 언젠가 허봉(許篈, 1551~1588)과 사명이 긴 글 외우기 시합 끝에 대사가 이겼다고 한다. 이후 두 사람은 의기투합했고 마침내 사명은 허봉에게 당신의 모든 문서를 맡길 만큼 친한 사이로 발전했다. 어느 날 허봉이 동생 허균을 서울 강남 봉은사로 데려와 대사에게 소개했다. 대사의 첫인상은 기골이 훤칠하고 얼굴은 엄숙했다고 허균은 기록했다. 3년 후 형은 세연世緣을 다했고 형의 역할은 동생이 떠맡았다. 전란 통에 허씨 집안에서 보관한 대사의 문서도 병화라는 반달리즘을 피해 가지 못했다. 승려 제자들이 보관했던 일부 자료를 모아 대사의 문집을 간행하면서 허균에게 서문을 의뢰한다. '형님 아우로 호칭하는 친한 사이로 누구보다도 스님을 잘 알고 있다(弟兄之交 知師最深)'고 허균은 자부했다. 이런 인연 때문에 비문까지 짓게 된 것이다.

사명 대사는 승려의 모습보다는 늘 장군 역할이 더 부각되면서 이로 인한 내부적 힐난을 항상 감수하며 살아야 했다. 허균 역시 비문 말미에 "대사가 중생들로 하여금 혼돈의 세계인 차안此岸에서 깨달음의 세계인 피안彼岸으로 건네주는 일을 등한히 하고 구구하게 나라를 위하는 일에만 급급했다고 비난하는 사람도 있다."는 일부 세평을 언급할 정도다. 뒷날 대사는 가야산으로 돌아오면서 그러한 세간의 정서에 대해 귀거래사歸去來辭로 답변했다.

사흘 동안 벼슬살이한 것은
임금의 명을 어길 수가 없는 까닭이요,

한밤중에 산으로 돌아온 것은
스승의 가르침을 저버릴 수 없기 때문이다.

三日公行　　不逆君命
夜半歸山　　不負師訓

물소리 듣기 위해
수성동을 찾다

한양 도성 한가운데를 흐르는 청계천의 발원지는 인왕산 수성동 계곡이다. 지명 수성 水聲은 그냥 '물소리'라는 뜻이다. 그런데 물소리라는 말을 그대로 지명으로 삼았다. 그렇게 할 만큼 옛사람들에게 이곳의 물소리는 인상적이었나 보다. 그런데 제대로 된 물소리는 듣고 싶다고 언제나 들을 수 있는 게 아니다. 큰비가 내릴 때라야 비로소 감상할 수 있는 시간적 한계성을 지닌 물소리다. 그래서 더욱 귀한 물소리가 된 것이다. 일시적이어서 더욱 아름답다고나 할까.

추사 김정희도 '수성동 계곡에서 비를 맞으면서 폭포를 보았다'는 제목으로 시를 남겼다. 또 중인 출신이지만 정조에게 발탁돼 규장각 서리로 근무했던 존재 박윤묵(存齋 朴允默 1771~1849)은 "큰비가 수십 일이나 내려… 개울이 빼어나고 폭포가 장대하며 예전에 보던 것과 완전히 다른 것처럼 느껴진다."고 했다. 하지만 때가 되면 사라지고 없는 그 물소리는 또 다른 아쉬움을 남기기 마련이다. 그래서 최상 상태의 '수성'을 붙인 모양이다. 수성이란 이름을 통해 찰나 속에서 영겁을 보고자 하는 바람을 알게 모르게 반영한 것이다.

구경 가운데 물 구경이 으뜸이라고 했다. 자연과 공감할 수 있는 감수성의 소유자인 추사와 존재 선생은 비 오는 날 물소리를 듣기 위해 수성동을 찾은 것이다. 두 사람 모두 나막신을 신었다는 사실을 애써 강조했다. 나막신은 평소에 신는 신발이 아니다. '비가 오면 짚신 가게 아들이 걱정이고 날씨가 맑으면 나막신 가게 아들이 걱정'이라는 속담에서 보듯, 맑은 날과 비 오는 날의 신발은 달랐다. 비 오는 날은 어지간한 일이 아니면 '집콕' 했을 것이다. 나막신을 신고 우비를 입고 외출한다는 것 자체가 개인적으로 매우 큰일인 것이다. 사람마다 추구하는 가치가 다르다는 것을 나막신은 은유적으로 보여 준다. 두 어른에게 비 온 뒤 물 구경은 해도 되고 안 해도 되는 일이 아니라, 꼭 해야만 하는 과제였다.

어쨌거나 모든 것은 타이밍이다. 선인들처럼 태풍을 따라온 폭우가 내린 뒷날 수성동 물소리를 듣기 위해 이른 아침 계곡을 찾았다. 나막신 대신 운동화를 신었다. 경남 합천 가야산에 머물 때도 큰비 뒤에는 언제나 홍류동 계곡으로 물 구경을 갔다. 농산정 앞 계곡은 수평으로 넓게 흐르는 물이 좋았고, 낙화담 절벽은 수직으로 떨어지는 폭포수가 볼 만했다. 최치원은 세상의 시비하는 소리가 듣기 싫어 농산정 앞 물소리를 귀를 막는 데 사용했고, 일제강점기에 가야산의 19명소에 대한 시 「가야십구명소제영伽倻十九名所題詠」을 지은 예운 최동식(猊雲 崔東植, ?~1888, 1918~?) 거사는 설사 도인일지라도 낙화담 앞에서는 감정의 눈물을 흘리지 않을 수 없노라고 읊조렸다.

하지만 아무리 좋은 곳이라도 멀리 있으면 접근성이 떨어지기 마련이다. 가까워야 수시로 갈 수 있다. 아예 눌러앉아 살 수 있다면 그보다 더 좋은 일은 없을 것이다. 수성동은 '나가면 시내, 들어오면 산'인 그야말로 비산비야非山非野의 명당이다. 계곡 바위와 소나무를 정원의 분재처럼 집 안으로 끌어들인 이는 세종의 삼남 안평대군(安平大君, 1418~1453)이다. 조경이란 경제력과 권력만 있다고 되는 것도 아니다. 시간이 켜켜이 쌓여야 하기 때문이다. 최적의 자리 덕분에 집 짓는 비용으로 태곳적 조경까지 덤으로 얻었다.

자연 정원이지만 집 안 정원으로 삼아도 좋을 만큼 면적도 적당하다. 부친 세종은 '항상 장자(문종·단종)를 잘 섬기라'는 당신의 정치적 속내를 담아 당호를 '비해당匪懈堂'이라고 내렸을 것이다. 하지만 시와 글씨, 그림까지 능한 셋째 왕자는 문자 그대로 '아침부터 늦은 밤까지 게으름 없이(夙夜

때가 되면 사라지고 없는 물소리는 아쉬움을 남긴다.
찰나 속에서 영겁을 보고자 하는 바람을 알게 모르게 반영하여 '수성'이라 이름을 붙였다.

匡懈' 살았다. 눈·귀·코·입 등 여섯 감각기관이 항상 깨어 있어야 해 뜰 때와 해 질 때 그리고 눈비 오는 날은 말할 것도 없고 계절과 계절 사이의 미묘한 변화까지 제대로 감지할 수 있었기 때문이다.

자연 계곡에는 반드시 소품처럼 인공 다리가 더해지기 마련이다. 진경산수의 대가인 겸재 정선(謙齋 鄭敾, 1676~1759)의 작품 〈수성동〉에도 다리는 빠지지 않았다. 벼랑에 비단 한 폭을 걸어 놓은 것 같은 폭포 모습과 물소리를 가까이 다가가 감상하면서 이 세상 바깥에서 노니는 듯한 기분을 느끼기 위한 최소한의 인위적 장치인 셈이다. 폭이 좁으면서도 풍광이 뛰어난 자리를 골라 기다란 '통돌' 두 개를 나란히 붙여서 통나무처럼 걸쳤다. 3미터 남짓하지만 조선에서 가장 긴 통돌다리인 기린교麒麟橋가 됐다.

여기에 나오는 기린은 동물원이나 아프리카 국립공원에서 만날 수 있는 그 기린giraffe이 아니다. 일본 맥주 상표 그림에서 볼 수 있는 전설상의 동물인 기린이다. 뛰어난 인재를 상징한다. 비 오는 날 이곳을 찾아올 정도의 부지런함과 자연 공감 능력을 갖춘 것도 감성EQ지수가 높은 훌륭한 인재의 자질이다. 마지막으로 이 다리를 통과한다면 그대로 등용문이 될 것이다. 하지만 애석하게도 실물은 서울시 문화재인 까닭에 울타리 밖에서 눈으로만 살펴야 했다.

상상 속의 짐승 기린은 뿔 달린 사슴 모양에 온몸에 비늘이 덮인 말발굽을 가진 동물로, 태평성대에 나타나는 상서로움의 상징이다. 후대에는 집안을 일으킬 뛰어난 인재를 의미하는 '기린아麒麟兒'로 언어적 진화를 했다. 하지만 추사 선생은 가문을 빛내는 것으로 만족하는 이기적인 기린아들이 마뜩잖았던 모양이다. 이 세상까지 함께 맑히려는 의지를 갖췄을 때 비로소 진정한 기린아가 될 수 있다는 사실을 수성계곡에서 폭포수의 힘을 빌려 질책했다.

"원컨대 이 폭포 소리를 세상으로 되돌려서,
　저 속물스러운 것들에게 침을 놓아 가식 없는 사람으로 만들지어다."

願將此聲歸　砭彼俗而野

덕을 쌓는 집안에는
좋은 일이 많다고 하더라

차가운 겨울 이른 아침의 청량함을 코끝으로 맞으며 안동댐 호반길을 따라 도산서원으로 향했다. 대구 지역에서 활동하는 문화단체가 주관하는 '한국정신문화의 수도 안동' 답사팀과 종가 순례 일정을 함께한 덕분이다

도산서당을 지을 때 승려들의 기여도가 적지 않았다는 사실은 10여 년 전 인근에 있는 용수사龍壽寺를 찾았을 때 이미 들은 바 있다. 퇴계 이황(退溪 李滉, 1501~1570) 선생은 20세 때 용수사에서 『주역周易』을 공부한 인연으로 절집과 친분이 두터웠다. 제자와 후손들을 수시로 용수사로 보내 책 읽는 시간을 갖도록 했다.

도산서당 안의 완락재玩樂齋라는 공간 옆에 부엌을 끼고 있는 아주 작

은 방에는 정일淨─ 스님이 머물렀다고 한다. 스님은 이 집의 실질적 준공자다. 먼저 목수인 동시에 기와장인인 스승 법연法蓮 스님이 도편수 직책을 맡아 공사를 시작했다. 일의 순서상 기와 굽는 일이 우선이었다. 재정이 부족하면 당시 큰 도시인 경주까지 가서 기금을 모아 올 만큼 적극적으로 임했다. 하지만 본 공사를 시작하기도 전에 안타깝게도 병으로 입적했다. 제자인 정일 스님이 그 뒤를 이어받아 5년 만인 1561년에 완공할 수 있었다.

그때 건축주인 퇴계 선생의 설계도를 존중해 달라는 당부까지 받았다. 그럼에도 이후의 용도까지 고려하여 임의로 마루방을 넓히는 일부 설계 변경을 했다. 건축가와 건축주의 이심전심 합의였다. 뒷날 그 마루도 좁았던지 한강 정구(寒岡 鄭逑, 1543~1620) 선생이 마루 한 칸을 더 달아 냈다고 한다. 하기야 서당은 가정집이 아니라 학교다. 사적인 공간이 아니라 공적인 공간인 것이다. 공공건축의 노하우는 당시에 절집 목수가 최고로 잘 알고 있음을 알았기 때문에 전문가를 존중하는 묵인이었던 셈이다. 원칙과 실용성을 겸비한 마음 씀씀이가 그대로 드러나는 명장면이기도 하다.

낙성 후에도 정일 스님은 안살림까지 일정 부분 맡았다. 서당이지만 또 다른 의미에서 절집인 까닭에 공양주(주방 책임자)로서 지역 사회의 학동들을 뒷바라지했다. 혹여 스님이 출타할 경우에는 학생을 받지도 못하고 때로는 집으로 보내야 할 만큼 기여도가 높았다. 유생과 승려가 함께한 공간이라는 또 다른 의미가 살아 있는 곳이기도 하다.

퇴계 선생은 삶 자체가 소박하고 검소했다. 사당의 위패에도 "퇴도이 선생退陶李先生" 다섯 글자만 쓰였다. 이름을 제외한다면 두 글자뿐이다. 묘소의 비석도 마찬가지다. 앞에 붙은 수식어는 "퇴도만은(退陶晩隱, 도산으로 물러나 만년에 영원히 숨은 곳)"이라는 네 글자였다. 과공비례過恭非禮라고 했던가. 지나친 예우가 오히려 실례가 되는 경우도 비일비재하다. 장황한 수식어 때문에 오히려 주인공의 본래 이름이 묻혀 버리는 경우도 더러 보았다. 법정 스님 위패는 절집에서 관례적으로 이름 앞에 붙이는 10자 이상 되는 모든 수식어를 생략하고 '비구 법정'이라는 단 네 글자만 썼다. 그 자체가 '무소유'를 상징하는 코드가 되어 모두에게 적잖은 울림을 주었던 기억이 새롭다. '도陶'에도, '퇴退'에도 거창한 의미를 부여하지 않았다. 머물던 자리를 현재의 지명대로 한다면 도산면陶山面이고, 동네 이름은 토계리兎溪里다. 계곡을 따라 토끼가 다닐 만큼 작은 길이 있는 마을이라는 뜻이다. '토계'로 물러났다는 의미로 자연스럽게 '퇴계'가 되었다.

묘소 참배를 마친 후 선생의 태실이 있는 노송정老松亭을 찾았다. 퇴계의 조부 이계양(李繼陽, 1424~1488)은 단종 임금께서 타의로 퇴위한 이후 벼슬길을 포기하고 은거를 선택했다. 겨울이 되어야 소나무와 잣나무의 지조를 안다는 의미를 빌려 호를 노송정이라 하였다. 소나무를 대신한 향나무가 엄청난 넓이의 그늘을 자랑하며 집 입구 마당 한편을 뒤덮고 있다. 반송(盤松, 키가 작고 가지가 옆으로 퍼진 소나무)이 아니라 반향盤香이 당신의 뜻을 오늘까지 말없이 전한다. 노송정 종가 뒤편에는 조상들의 묘소 관리를 위한 재실인 수곡암樹谷庵을 건립했다. 기문記文에 의하면 용수사 설희雪熙 스님이 지었다고 한다. 동당에는 유생이 거주했고 서당에는 설희 스님이 거처했다. 종가에서 선물 받은 『퇴계선생 일대기』(권오봉, 2001)에는 고맙게도 이런 부분까지 꼼꼼하게 기록해 놓았다.

이계양은 소백산과 태백산 사이에 있는 은거 명당인 경북 봉화에서 훈도(訓導, 향교 교육을 담당한 교관)를 지내며 소일했다. 어느 날 안동으로 오다가 고갯길인 신라재에서 쓰러져 있는 노승을 발견하고는 정성을 다해 구호했다. 노승이 은혜를 갚고자 좋은 집터를 잡아 준 것이 현재의 자리라고 한다. 이후 가문은 날로 번성하였다. 손자인 퇴계도 이 집에서 태어났다.

퇴계 선생의 탄생에서 별세 이후 흔적을 답사하며 '적선지가 필유여경(積善之家 必有餘慶, 덕을 쌓는 집안에는 좋은 일이 많다)'이라는 말을 실감한다. 이름 없는 평범한 노승을 구해 준 적선의 씨앗이 명문가를 이루었고, 이후 유가儒家와 불가佛家가 서로 교류하면서 한 차원 더 높은 지역 문화를 꽃피웠다. 뒷날 지역의 절집인 봉정사가 2018년 유네스코 지정 세계문화유산으로 등록되고, 도산서원과 병산서원 역시 2019년 등록되는 큰 경사의 밑알이 된 것이다.

봄날 하루해는 기울고
갈 길은 멀기만 하네

부음을 받고서 급한 마음으로 그가 머물던 자리로 달려갔다. 노제를 마친 후 글벗들과 함께 암자 주변을 둘러보았다. 눈길이 멈춘 곳은 본채 가운데 방 양쪽에 걸린 주련(柱聯, 기둥에 장식 삼아 세로로 걸어 놓은 글)이다. 붓으로 쓴 글씨가 아니라 탁본한 액자다. 원본은 경남 합천 해인사 홍제암에 있다고 한다. 글씨는 만파 의준萬波誼俊 스님이 썼다. 하지만 만파의 행적은 묘연하다. 1860년 무렵 활동한 인물이라는 것 외에는 알려진 것이 없다. 추사 김정희 선생이 그 솜씨를 칭찬했다는 전설만 남아 있다. 글씨 외에는 별다른 흔적이 없는 까닭에 그 글씨는 인물과 동등한 대접을 받았다. 그래서 신비감이 한 겹 더해진다.

은거함에 다시 무엇을 구하랴.

말 없는 가운데 도심道心이 자라네.

隱居復何求　無言道心長

봄이 오는 길목에서 60대 중반 나이에 홀연히 저세상으로 떠난 법장
(1954~2019) 스님은 1990년 무렵 합천 해인사 도서관장으로 부임했다. 그
후 가야산에서 몇 년간 머물렀다. 그때 만파의 글씨를 만났다고 한다. 번거
로운 단체 생활을 기꺼이 감수하면서도 늘 은둔을 꿈꾸었던 당신에게 꾸
밈없는 소박한 글씨체와 무욕無欲을 추구한 내용이 함께 겹쳐지며 두 배의
울림으로 닿아 왔을 것이다. 언제부턴가 이 글씨를 구하기 위해 백방으로
수소문했다. 많은 발품, 손품 끝에 귀한 작품을 얻었지만 걸어둘 만한 기둥
이 없었다. 드디어 이 암자에 은둔하면서 글씨도 비로소 제자리를 찾게 되
었다. 동시에 왼쪽 서재 방문 위에 '정와(靜窩, 고요한 작은 움집)'라는 이광사(李匡
師, 1705~1777) 글씨 모작까지 달았다. 그리고 스스로 은둔자임을 두 배로 강
조했다.

　은거지로 점지한 전남 화순 모후산 골짜기는 앞뒤는 물론 좌우가 모
두 산으로 둘러싸인 곳이다. 아침 해는 늦게 뜨고 저녁 해는 일찍 진다. 인
근에는 민가도 없다. 십 리가 족히 넘을 것 같은 진입로는 암자가 있다고

도저히 믿기지 않을 만큼 좁고 꼬불꼬불한 비포장 길이다. 군데군데 필요에 의해 어쩔 수 없이 포장한 시멘트는 이미 누더기 상태다. 그런 곳이지만 내가 선택했다는 이유로 불편함마저 즐기면서 도량을 가꾸었다. 밀려오는 외로움 때문에 사람을 그리워할 때도 많았다. 그런 반복되는 일상의 모습을 『월간 해인』에 '토굴일기'라는 이름으로 가감 없이 1년간 연재했다. 독자의 한 사람으로 매달 한 편 한 편 정성스럽게 읽었다. 전남 영광 출신인 그는 토속어 사랑이 유별났다. 문장 곳곳에서 만나는 남도 사투리는 때로는 읽는 이의 고개를 갸웃거리게 만들었지만 전혀 개의치 않았다. 타지방 출신들은 문맥 속에서 대충 그 뜻을 짐작하며 읽으라는 식이었다.

'정와'란 '은거함에 다시 무엇을 구하랴'라는 의미의 '은구실隱求室'과 같은 뜻이다. 은구실의 원래 주인은 송나라 주희(朱熹, 1130~1200) 선생이다. 복건(福建, 푸젠)성 제일의 명승지라는 무이산武夷山에 거처를 마련하면서 '무이정사武夷精舍' 편액을 걸었다. 그 집을 배경으로 '잡영雜詠'이라는 큰 제목 아래 12편 연작시를 남긴다. 정사는 작은 집을 말하며 잡영은 생각나는 대로 읊는다는 뜻이다. 세 번째 시의 작은 제목이 '은구실'이다. 세 칸 띠집의 왼쪽에 있는 방을 가리킨다. 시 전문은 이러하다.

새벽 창에 숲 그림자 열리고
밤중 베갯머리에는 샘물 소리 울리네.

은거함에 다시 무엇을 구하랴.

말 없는 가운데 도심道心이 자라네.

晨窓林影開　夜枕山泉響

隱居復何求　無言道心長

만파 이준 서(書), 해인사 홍제암 소장, 해인사성보박물관 제공

성리학을 완성한 주자(朱子, 주희)는 화두선話頭禪을 완성한 대혜 종고(大慧宗杲, 1089~1163) 선사 어록을 자주 읽었다. 그 이유는 흠을 잡기 위해서였다. 욕하면서 닮는다고 했던가. 도리어 『대혜어록』 편집자인 동시에 수제자인 도겸 개선道謙開善 스님과의 교류로 이어졌다. 이런 연유로 그의 글에는 알게 모르게 선禪적인 느낌들이 배어 있다. 그래서 훗날 절집에서도 그의 시를 자주 인용하게 된 것이다.

송나라 주자의 시가 조선 만파의 글씨를 통해 대한민국 법장의 토굴까지 이어졌다. 이처럼 공감에는 시간과 공간을 뛰어넘는 묘한 힘이 있다. 주자는 「무이정사잡영」을 지은 이듬해인 1184년 「무이구곡가武夷九曲歌」를 발표했다. '아홉 골짜기'라는 뜻의 구곡이라는 명칭도 조선 땅의 안동 도산구곡(퇴계 이황), 괴산 화양구곡(송시열), 성주 무흘구곡(정구)으로 이어진다. 법장 스님도 모후구곡을 꿈꿨을까?

스님이 은거지에 처음 당도했을 때 맨 먼저 눈에 들어온 것은 계곡에 줄지어 선 감나무였다. 작은 감이 열리는 토종 고욤나무도 몇 그루 보인다. 감나무 시柿 자가 들어가는 이름이 좋겠다고 생각했다. 그리고 늘 추구하던 고요함을 살릴 수 있다면 더 의미 있는 일이겠다. 그래서 시적암柿寂庵이라고 작명했다. 하지만 한문 좀 한다는 훈장들에게 시柿 자와 적寂 자는 글자 조합이 제대로 맞지 않다는 잔소리를 여러 번 들어야 했다. 그렇다고 이 터의 주인 격인 감나무 이미지를 포기할 수는 없는 일이다. 소리만 빌려 '시靑' 자로 바꾸었다. '감나무가 있는 고요한 암자'에서 그냥 '고요한 암자'가 된 것이다. 하지만 그 고요함 속에는 이미 감나무까지 숨어 있다.

감나무 행렬이 끝나는 암자 입구의 밭두둑에는 화강암 흰빛이 아직도 그대로 남아 있는 새로 만든 부도浮屠가 보인다. 가까이 가서 살펴보니 스님의 모친 부도였다. 그러고 보니 몇 년 전에 이 암자에서 치른 어머니 49재에 참석한 기억까지 떠오른다. '온 생을 일곱 남매에게 오롯하게 바치셨던 위대한 어머니의 마음을 그리워하며'라는 내용의 기계 글씨체가 뒤쪽에 새겨져 있다. 근조 꽃바구니가 놓여 있는 옆자리에는 아랫동네의 남정네들이 땅을 파고 있다. 이 자리에 당신의 부도를 세워 달라고 지나가는 농담처럼 말했다고 한다. 그 농담이 이제 진담이 되었다. 사람들의 왕래가 뜸한 은둔지에서 20여 년을 살아온 이력 때문에 몇 명 되지도 않는 문상객의 조촐한 마중을 받으며 화장을 마친 유골이 돌아왔다. 이렇게 모자母子의 인연은 또 이어진다.

이른 봄날의 하루해는 기울었고 돌아갈 길은 멀기만 하다. 서둘러 암자를 떠나며 남은 이에게 "유품을 정리하다가 혹시 저서가 나오거든 한 권 보내 달라."고 부탁했다. 법장 스님의 유일한 저서인 『사람이 그리운 산골 이야기』(2003)가 갑자기 생각났기 때문이다. 발문을 필자가 직접 쓴 책인 까닭이다. 며칠 후 서가에서 그 책을 찾았다는 연락이 왔다. 사람은 가도 책은 남는 법이다. 책도 그렇게 그렇게 이어진다.

사월 좋은 날 누군가
봄비 속에서 찾아오리라

전남 해남 대흥사에서 열린 서산(西山, 1520~1604) 대사 탄신 500주년 가을 향례享禮에 참석했다. 500이란 숫자 때문인지 만남에 더욱 각별한 의미가 더해진다. 숙소로 돌아와 그날 오후에 열린 세미나 자료를 찬찬히 살폈다. 당신의 생애는 변화의 계기를 만날 때마다 또 다른 전환이 이루어지곤 했다.

12세에 성균관에 입학했고 3년 수학 후 과거 낙방이라는 쓴맛의 성적표를 받게 된다. 좌절감을 달래기 위해 시험에 떨어진 동료 몇 명과 지리산을 유람하다가 거기에서 불교를 만났다. 유가에서 불가로 전향(?)한 셈이다. 약관(弱冠, 20세) 나이에 정식으로 삭발했다. 하지만 30세 되던 해인 1549년에 부활한 승과고시에 합격한 후 승직僧職을 받으면서 벼슬살이 아닌 벼슬살이를 하게 된다. 이후 임진란을 만나면서 반승반유(半僧半儒, 승려와 유생을 겸함)의 삶을 살아야 했다. 윤두수(尹斗壽, 1533~1601)는 "온 세상이 다 전쟁터가 되었는데 오직 대사만이 아직도 한가한 사람이구려(環海自成戎馬窟 惟師猶一閒人)."라는 말로 잔소리를 했다. 피난 중이던 선조가 대사를 찾았다. "나라에 큰 난리가 발생했는데 산인山人이라고 어찌 스스로 편안히 있을 수가 있겠는가."라는 말과 함께 도총섭都摠攝이란 직책을 내리자 대사는 졸지에 전장으로 뛰어들어야 했다.

7년 전쟁이 끝나자 미련 없이 다시 산으로 돌아왔다. 그런 대사에게 어떤 유생은 "처음 벼슬을 맡았을 때는 영화로움이 더할 나위 없었는데 지금 벼슬을 그만두고 나니 빈궁함이 또한 더할 나위가 없게 되었다. 몸이 괴롭고 마음이 울적하지 않은가?"라고 물었다. "벼슬 전에도 벼슬 후에도 일의일발(一衣一鉢, 옷 한 벌과 밥그릇 한 벌)일 뿐이다. 진퇴와 영욕은 몸에 있을 뿐 내 마음은 진퇴에도 영욕이 따르지 않는데 득실得失에 무슨 희비喜悲가 있겠는가."라는 귀거래변歸去來辯을 남겼다. 종2품 당상관이라는 전쟁 공로에 대한 포상도 별로 괘념치 않았다. 200여 년이 지난 후 제자들이 발이 부르트도록 쫓아다닌 끝에 1778년 대흥사에 정조 임금의 사액(賜額, 왕이 이름을 짓고 글씨를 내린 현판)과 함께 표충사당이 건립되고 대사의 영정이 봉안되면서 비로소 국가 향례가 올려지게 되었다.

본 행사를 마친 후 인근 지역을 답사 삼아 둘러보는 일은 오래된 개인적 습관이기도 하다. 어디를 간들 이야깃거리가 없으랴만 이 지역도 수많은 스토리텔링이 함께하는 곳이다. 어릴 때 사찰에서 공부했던 이력을 가진 고산 윤선도(孤山 尹善道, 1587~1671) 고택인 녹우당綠雨堂을 찾았다. 대문 앞에는 우람한 모습의 은행나무가 있다. 자손의 과거 합격 기념식수라고 전해 오는 몇백 년 된 은행나무 잎은 녹우(綠雨, 봄비)가 아니라 금방이라도 금우(金雨, 가을비)가 되어 땅 위로 쏟아질 것 같다. 풍경만 생각한다면 금우당이 더 낭만적이겠지만 가문의 미래까지 염두에 둔다면 녹우당이 더 나으리라. 종갓집은 처연한 가을비보다는 생기 있는 봄비 이미지를 추구하기 때문이다. 절집이었다면 아마 '체로금풍당(體露金風堂, 가을바람에 잎을 떨어뜨리고 자신을 있는 그대로 드러내다)'이란 당호를 붙였을지도 모르겠다고 혼자 상상해 본다.

대문에는 문패가 있어야 하듯 건물에는 현판이 있어야 한다. 조선 고유의 서체인 동국진체東國眞體의 효시라는 옥동 이서(玉洞 李漵, 1662~1723, 실학자 성호 이익의 이복형)가 쓴 '녹우당' 글씨를 만나면서 더욱 때깔 나는 집이 되었다. "사월 좋은 날에 누군가 봄비 속에서 찾아오리라(四月好天氣 人來綠雨中)."고 했다. 귀한 사람이 오면 비가 함께 따라온다고 했던가. 우(雨, 비)는 우(友, 벗)였다. 비는 수직으로 하늘에서 땅으로 찾아오지만 벗은 수평인 동서남북에서 찾아온다. 집 이름과는 달리 벗을 거부한 채 녹우당 대문은 단단히 닫혀 있다. 대흥사 입구에 있는 백 년 된 한옥인 유선여관도 '수리 중' 메모를 붙인 채 잠겨 있었다. 하긴 관광지가 된 절집도 어지간한 생활 공간은 모조리 '출입 금지' 팻말을 붙여 놓았으니 이해 못할 바도 아니다만.

녹우당은 본래 경기도 수원에 있었다. 봉림대군이 효종으로 등극하면서 스승이던 윤선도를 위해 지어 준 집이다. 낙향하면서 뜯어 옮긴 건물이 현재 사랑채인데 배로 싣고 왔다고 한다. 임금을 만난 덕분에 집을 하사받았고 경기 지방의 반가(班家, 양반집)는 해남 땅을 만난 인연으로 오늘까지 잘 보존되었다. 대흥사와 두륜산 일대는 삼재(三災, 물·불·바람의 피해)가 들어오지 않는 땅이라고 한다. 그래서 서산 대사는 만년불훼지지(萬年不毁之地, 만년토록 훼손이 없는 땅)인 이 자리에 당신의 의발(衣鉢, 가사와 발우)과 염주 그리고 교지(敎旨, 임명장) 등 각종 유품을 보관토록 한 것이다.

양택도 좋아야 하지만 음택도 좋아야 한다. 삶과 죽음이 둘이 아닌 까닭이다. 윤선도의 무덤은 고모부 이의신李懿信이 미리 자기 묘터로 잡아 둔 곳(신후지지 身後之地)이지만 고산 선생이 빼앗듯이 양보받은 명당이다. 그는 당대의 유명한 풍수가였다. 임진란을 치른 후 민심이 흉흉하였다. 그래서 수도 한양의 정기가 쇠했으므로 도성을 교하交河로 옮겨야 한다고 광해군에게 진언한 인물로 유명하다. 물론 대신들의 반대로 무산되었다. 우석대학 김두규 교수는 만약 교하 지역으로 천도했다면 병자란의 '삼전도 굴욕'은 일어나지 않았을 것이라고 단언했다. 경기도 파주시 교하읍 일대는 한강과 예성강, 임진강이 만나는 지역이다. 한국 자생풍수 이론가인 최창조전 서울대 교수도 통일한국 수도 이전의 최적지로 교하 지역을 꼽았다. 그러고 보니 '교하 천도론'의 원조 인물을 해남 땅에서 만난 것이다.

　　한반도 땅끝에서 절집과 종갓집이 만났고 시대와 사람이 만났고 터와 인간이 만났고 또 인간과 인간들이 만났다. 그리하여 이야기를 만들었고 그 옛이야기는 지금 사람들의 눈과 귀를 통해 또다시 새로운 만남이 이루어지면서 각색된다. 지금도 많은 이야깃거리들이 어디선가 만들어지고 또 누군가에 의해 보태지면서 켜켜이 쌓여 가고 있을 터이다.

달빛은 천년을 이어 온
군자의 마음이라네

겨울 초입인지라 코끝이 싸아하다. 중국 복건(福建, 푸젠)성에 있는 주희朱熹의 무이계곡武夷溪谷을 영남 땅에 재현했다는 무흘계곡을 찾았다. 경북 김천 증산면 불영산에서 발원하여 성주 가천면 수륜면으로 이어지는 대가천에 아홉 군데 명소를 지정하면서 무흘구곡이 되었다. 상류에 자리 잡은 무흘정사武屹精舍 입구에서 계곡 건너편을 보니 나무에 달린 붉은 감이 초겨울 빈 산의 단풍을 대신하며 처연한 모습으로 서 있다. 천천히 발걸음을 계곡 쪽으로 옮기니 다리를 겸한 보洑가 그대로 드러나 있다. 수량이 많은 날에는 물에 잠겨 건널 수 없을 만큼 낮았다. 구곡의 일곱 번째 명소인 만월담滿月潭이 가깝다. 계곡의 지류를 가로질러 만든 비설교飛雪橋도 있었던 모양이다. 이름 그대로 달밤(滿月)에 흩날리는 눈발(飛雪)을 감상한다면 참으로 멋지겠다는 상상을 했다.

잠시 후 목적지에 이르렀다. 조선 중기의 대 유학자 한강 정구(寒岡 鄭逑, 1543~1620) 선생의 행장은 물론, 당시 함께 했던 스님들의 흔적이 어딘가에 조금이라도 남아 있을까 하고 마른 풀이 가득한 마당과 푸른 대나무를 병풍처럼 두른 집 주변을 이리저리 살폈다. 본채와 부엌 그리고 작은 별채 등 3동이 쓰러질 듯한 자세로 아슬아슬하게 겨우 모양새를 유지하고 있다. 집을 짓고 유지·보수하는 일에 승려들의 기여도가 많았다는 것을 이미 알고 있는지라 주춧돌만 남은 폐사지를 마주한 것보다 더한 안쓰러움이 일어난다.

민가와 동떨어진 외진 곳이라 처음부터 공사가 쉽지 않았다. 집을 짓기 전인지라 건축주가 머물 곳이 없었던 것이다. 어쩔 수 없이 7~8리 떨어진 곳에 있는 제대로 규모를 갖춘 사찰인 청암사靑巖寺에서 왕래하며 공사를 독려했다. 오가는 길에 말 위에서 떨어져 매우 심하게 다치기도 했다. 평소 알고 지내던 신열信悅을 비롯한 젊은 승려들이 팔을 걷어붙이고 나선 덕분에 예상보다 빨리 공사가 끝났다. 선생의 나이 62세 때 일이다. 이곳에서 7~8년을 머무르며 많은 저술을 남겼다. 물론 그 저술이 나오기까지 많은 승려들이 뒷바라지를 했다.

무흘서재에는 문도들이 재사齋舍를 짓고는 승려를 모집하여 지키게

했다. 무흘정사 안에는 수많은 서책을 간직해 두고 승려 공양주 두세 명과 함께 거처하였다. 초가삼간 서운암에 서적을 보관해 두고 인근의 승려를 불러와서 정사와 함께 관리하게 하였다. 1607년 홍수 때 물살에 휩쓸려 무너지고 정사도 허물어질 판국인데 인잠印岑 스님 등 승려 5~6명이 와서 인부와 함께 정사 서쪽에 예전보다 약간 더 큰 집을 지었다. 세월이 흘러도 없어지지 않도록 관리까지 맡겼다.

정종호가 지은 「무흘정사기문武屹精舍記文」에 의하면 구한말까지 유지되었으나 관官에서 훼철했다고 한다. 대원군 시절 서원 철폐 정책에 따른 것으로 짐작된다. 현재 남아 있는 건물은 1922년 정씨 문중에서 4칸 집과 포사(庖舍, 부엌)를 지은 것이다. 경북대 정우락 교수의 논문 「한강 정구의 무흘정사 건립과 저술활동」에서 이런 과정을 상세히 밝혔기에 대충 간추렸다. 어쨌거나 집을 만들 때부터 오늘날까지 인근 사찰과 승려들이 음으로 양으로 간여했고 유지·보수에도 적지 않은 역할이 뒤따랐다. 유형이건 무형이건 8할은 승려들의 공로인 셈이다.

한강 선생은 대가천 물가에서 바라보는 가야산을 좋아했고 또 해인사를 자주 왕래했다. 37세(1579) 때 기행문인 「유가야산록遊伽倻山錄」을 지었다. 숙야재(夙夜齋, 성주군 수륜면)에서 가야산을 바라보며 "전경은 볼 수가 없고 기이한 봉우리만 살짝 드러내네(未出全身面 微呈一角奇). 바야흐로 조화의 뜻을 알겠구나. 하늘의 뜻을 드러내지 않으려는 것을(方知造化意 不欲露天機)."

이라는 시까지 남겼다. 임진란 때는 많은 책과 원고를 성주 지방 유생들의 노력으로 해인사로 옮긴 덕분에 무사히 보존할 수 있었다. 하지만 아깝게도 72세 때 노곡정사 화재로 대부분 소실되었다. 김성탁(金聖鐸, 1684~1747)은 무흘정사 정씨장서鄭氏藏書에 대하여 "해인사의 불서와 대비할 정도로 그 양이 만만찮다."고 평가했다.

명당에는 반드시 전설이 뒤따르기 마련이다. 무흘정사 자리는 무흘계곡의 모든 정기가 모인 곳이라는 곡주(曲主, 계곡 주인)의 예언이 전해 온다. 검은 도포에 흰 수염이 표표히 나부끼는 도인의 모습이었다고 한다. 선생이 젊은 시절 병환 중일 때 자화(自化, 곡주의 심부름을 하는 이)가 가져온 환약丸藥을 먹고서 기운을 회복했다. 구곡(아홉 골짜기)의 정기를 모았다는 영약이었다. "단명할 상相이지만 나의 계곡마다 훌륭한 이름을 붙여 준 인연과 구곡마다 시를 한 수씩 지어 준 공덕으로 인하여 장수할 것이다."라는 덕담도 아끼지 않았다. 당시로서 적지 않은 나이인 78세까지 살았다.

만월담은 달밤에 산책을 할 수 있을 정도로 무흘정사에서 가까운 거리였다. 찾아온 제자들에게 "이것(밝은 달빛)이 곧 천년을 전해 온 군자의 마음이다. 선비는 이를 마음속으로 이해하지 않으면 안 된다(此千載心也 儒者不可不心會也)."고 했다. 무대를 선원으로 바꾼다면 선종禪宗의 가르침과 별반 다를 바 없다. 이래저래 무흘정사는 유불도儒佛道 세 집안이 함께 어우러진 공간인 셈이다.

밖으로 이름이 나게 되면 자연스럽게 많은 사람이 찾아오기 마련이다. 번거로워도 그 자리에서 계속 머물고 싶다면 절차를 까다롭게 만들면 된다. 해인사 성철(性撤, 1912~1993) 스님은 수없이 찾아오는 이들에게 삼천배를 시킨 다음 만나 주는 방법을 사용했다. 정구 선생은 접근이 쉬운 대로변에 있는 회연서원을 떠나 심심산골 오지인 김천 증산면으로 몸을 옮기는 수완을 발휘했다. 그리하여 무흘정사를 지었고 누구든지 찾아오겠다는 생각조차 하지 말라고 주변에 신신당부했던 것이다.

산봉우리 지는 달은 시냇물에 일렁이고
나 홀로 앉으니 밤기운이 서늘하구나.
벗들은 사양하노니 찾아올 생각은 하지 마오.
짙은 구름 쌓인 눈에 오솔길마저 묻혔나니.

頭殘月點寒溪　獨坐無人夜氣凄
爲謝親朋休理　亂雪層雲逕全迷

친족의 그늘은 시원하다

포항시 청하면 유계리에 있는 법성사法性寺 가는 길은 낯설다. 찻길마저 없다. 버스가 멈춘 자리에서 가산 지관(伽山智冠, 1932~2012) 스님의 흔적을 찾아가는 일행들 속에서 함께 걸었다. A연구원은 고대 희랍의 소요학파는 걸으면서 사색하고 대화하는 것을 즐겼다고 한마디 보탰다. 오늘은 우리가 소요학파의 후예가 되는 셈이다. 불멸의 역경가 구마라집(鳩摩羅什, 344~413) 스님도 인도말로 된 경전을 한문으로 옮길 때 글이 막히면 그것이 뚫릴 때까지 걸으면서 생각하는 방법을 선호했다. 그래서 머무는 곳을 소요원逍遙園이라고 불렀다. 걸어야 만사가 풀린다. 건강도 풀리고 번뇌도 풀린다. 길은 좁았지만 그리 가파르지는 않다. 숲길이라 진초록 나뭇잎들이 따가운

초여름의 햇볕을 가려 준다.

딱히 볼 만한 것은 없지만 눈에 보이지 않는 들을 만한 사연과 내력을 감춘 곳이다. 당신께서는 2010년에 마지막으로 이 길을 걸었다. 10대 때 열병으로 아버지 등에 업혀 이 길을 처음 지나간 뒤 수십 년 만에 다시 걷는 길이었다. 원인을 알 수 없는 병으로 인해 이 절에서 한동안 머물렀다. 부친은 어린 아들을 위해 이 길 따라 쌀과 부식을 지게로 날랐다. 부자가 함께 했던 길이었기에 당신께 더욱 각별한 감회로 닿아 왔으리라. '옴마니반메훔' 기도를 통해 병이 낫는 영험을 입고, 그 인연으로 해인사로 출가했다. 이후 해인사 주지, 동국대 총장, 조계종 총무원장을 역임하고 경전과 금석문(金石文, 쇠나 돌에 새겨진 글)의 대가로 세상에 이름을 남겼다.

당시 경주 이씨 집안의 먼 친척 어른이 그 절의 주지였다. 덕분에 쇠한 몸을 보다 쉬이 의탁할 수 있었다. 그래서 "친족의 그늘은 시원하다. 석가족은 나의 잎이요, 나뭇가지다."라고 했던 붓다의 말씀은 여전히 유효하다. 조선 세종 때 신미 스님도 동생인 김수온이 집현전 학사로 근무한 인연으로 대궐을 드나들며 한글 창제에 힘을 보탰고, 신라 시대 최치원 선생도 형인 현준 대사가 해인사에 머물렀기 때문에 자기 집 정원처럼 가야산 홍류동 계곡에서 유유자적할 수 있었다.

답사의 길라잡이 역할을 자처한 친족 거사가 전해 준 말도 들을 수 있었다. 70여 년 전 이 절은 대웅전조차 초가였다. 훗날 절을 수리하고 기와로 바꿀 때 집안 어른들이 십시일반으로 힘을 보탰다고 한다. 그야말로 동네 절이요, 문중 절인 셈이다. 구전도 여럿이 들으면 그대로 역사가 된다. 그 시절엔 절 이름도 제대로 없었다. 동네 사람들은 그냥 '황배기골 절'이라고 불렀다. 몇 년 전 법성사에 부임한 주지스님은 도량을 정비하고 길을 다듬고 가파른 곳에 잔도棧道를 설치하느라고 승복을 입을 틈조차 없었다고 했다. 늘 작업복 차림인지라 처음 온 사람들은 일꾼인 줄 안다면서 멋쩍게 웃는다. 오늘은 삭발하고 깨끗한 승복으로 갈아입은 말쑥한 모습으로 우리를 맞았다.

절 마당에 쪼그리고 앉은 채 B연구원에게 이미 수집된 또 다른 구전을 들었다. 인근 마을에 '벼루가 빵꾸 난' 훈장이 살고 있었다. 십 리 안의 초상집 만장을 쓰는 일은 온전히 그의 몫이었다. 동시에 대서소도 겸했다. 동네의 온갖 편지를 읽어 주고 대필하고 공문서를 처리해 준 어른이다. 벼루가 닳아 구멍이 날 만큼 열심히 먹을 갈았던 탓에 그런 별호가 붙었다. 지관 스님은 10대 시절 그 집으로 다니면서 한문을 배웠다. 글을 배우겠다는 간절함 때문에 훈장님이 아침을 드시기도 전에 문 앞에서 기다리다 안주인과 마주쳐 무안함을 감춰야 했던 일도 잦았다. 이런 노력들이 뒷날 대학자가 된 씨앗이었다.

농업용수 확보를 위해 동네 자리에는 저수지가 들어섰고 겨우 수몰을 면한 생가터에 보은원報恩園이라는 조그만 기념공원을 조성했다. 그 자리에 당신이 직접 설계·시공하고 글을 지어 세운 '고향방문기념비'에는 탯자리를 찬탄하는 문장이 끝없이 이어진다. 출가 전과 출가 후를 이어 주는 성지를 찾은 후학들은 정성을 다해 향을 올렸다. 사람은 가도 향기는 여전히 남는 법이다.

향 연기도 연기고
담배 연기도 연기다

여름 더위가 한창일 때 한문학漢文學 동호인들과 함께 중국 절강(浙江, 저장)성 동부 지역을 성지 순례 삼아 다녀왔다. 5, 60대 이상이 주축을 이루다 보니 의외로 애연가가 많았다. 이들은 "서해 바다를 건너오니 담배 때문에 주위 눈치를 볼 일이 없어 좋다."며 연신 미소를 지었다.

한 예로 중국 고속도로 휴게소의 화장실마다 깡통으로 만든 정식 재떨이가 소변기 위쪽 선반에 놓여 있었다. 외지인들이 그 용도를 모를까 봐 겉에 '연항(烟缸, 담배 연烟, 항아리 항缸)'이라고 친절하게 인쇄체로 박아 놓았다. 개인 차원을 넘어 거의 '사회적 친절' 수준이었다.

식탁에 앉을 때마다 담배 이야기는 '약방의 감초'처럼 등장했다. 금연주의 바람에 밀려 인내해 온 흡연주의자들과 함께 지내다 보니 비非흡연가인 나도 어느새 같은 편이 되어 맞장구를 치고 있다. "금연권도 권리지만 흡연권도 권리다. 두 권리의 공존 대책을 찾아야 한다."는 중도론으로 거들었다. 점심시간마다 금연 빌딩에서 쏟아져 나온 애연가들이, 길거리마저 금연 지구로 지정되는 바람에 회색 지대에서 움츠린 모습으로 미안한 표정을 지으며 담배를 물고 있는 서울 종로 뒷골목의 안쓰러운 풍경까지 겹쳐진다.

　불과 10여 년 전만 해도 마음껏 흡연을 즐겼던 것 같다. '10년이면 강산도 변한다'고 했으니 흡연 문화도 시대에 따라 바뀌기 마련이다. 하긴 17세기만 해도 우리나라에서 담배는 약초처럼 모두에게 귀한 대접을 받는 특상품特上品이었다.

　조선의 문예 부흥을 열었다는 정조(正祖, 1752~1800) 임금은 '담배 예찬론'을 폈다. 그는 특이체질인지라 담배와 궁합이 잘 맞았던 모양이다. 유일한 취미가 독서였던 정조는 책만 붙들고 있다가 결국 가슴 답답증을 얻었다. 왕위에 오른 뒤에는 정무政務까지 더해지면서 증세가 더 심해졌다. 나라에서 제일가는 어의들이 온갖 처방을 했지만 백약이 무효였다. 오직 담배만 효과를 보일 뿐이었다. 담배를 피우면 가슴 막힌 게 풀리면서 밤잠까지 편히 잘 수 있었다. 저술한 원고를 수정할 때도 담배의 힘이 컸다고 믿었다.

덕분에 『홍재전서弘齋全書』라는 엄청난 분량의 개인 문집까지 남겼다. 심지어 정사政事의 잘잘못을 고민할 때 이를 분명하게 잡아내고 요점을 찾아낼 수 있었던 것도 담배의 힘이라고 정조는 술회했다. 그런 경험을 바탕으로 내린 결론은 충격적이었다. 요즘 기준으로 보면 성군일지라도 신하들이 소매를 걷어붙이고 말려야만 될 말씀이다. "온 백성에게 담배를 피우게 하여 그 효과를 더욱 확장시키도록 하여라."

정조와 비슷한 시대의 애연가로 매암 이옥(梅庵 李鈺, 1760~1815) 선생도 있다. 그는 일상생활의 경지를 뛰어넘어 흡연을 종교적 경지로까지 승화시켰다. 『연경(烟經, 담배 경전)』이란 책을 지었다. 제목에서 보듯 세속적인 이미지의 '담배'라는 말과 신성한 이미지의 '경전'이란 단어를 과감하게 조합할 수 있는 자유로운 영혼의 소유자였다. 그는 불교에도 조예가 매우 깊었다. 전북 완주 송광사松廣寺에서 『원각경圓覺經』을 강의할 만큼 수준급이었다.

매암 선생은 '담배 경전'의 저자답게 절대 금연 구역인 사찰에서 흡연을 시도하다가 엄한 제지를 받았다. 그럼에도 불구하고 순순히 물러서지 않고 파격적인 논리를 동원했다. "향 연기도 연기고, 담배 연기도 연기다. 똑같은 연기를 이 연기와 저 연기로 나눌 뿐이다. 나는 연기를 사랑한다. 담배 연기도 좋아하고 향 연기도 좋아한다."는 억지 주장으로 결국 흡연을 허락받았다고 한다. 그런데 허락의 진짜 속사정은 강의를 하기 위해 멀리서 찾아온 강사에 대한 사찰의 배려라고 하는 것이 옳을 것이다.

애연가들과의 여행에서 돌아온 후 흡연 부스를 유심히 살피는 버릇이 생겼다. 거기에도 어김없이 '흡연은 가족의 건강을 해칩니다'라는 당부가 붙어 있다. 흡연을 적극 권장하며 담배 애호가들의 든든한 배경이었던 정조 임금도, 흡연의 정당성을 논리적으로 설파하던 이옥 선비도 이미 200여 년 전에 떠났다.

오늘도 '건강을 태우겠느냐'는 주변의 반문反問과 간절한 눈빛을 뒤로한 채 고립된 흡연실과 흡연 지역을 들락거리는 사람들이 제법 된다. 그때마다 정조 임금과 이옥 선생 두 어른께서 군신君臣으로 환생하길 바라면서 정성스럽게 향을 올리고 있는 건 아닌지 상상해 본다.

사찰과 향교와
관청의 목재가 다르랴

한강을 건넜다. 이섭대천利攝大川이라고 했던가. 큰 물을 건넜더니 많은 이익이 있더라는 곳이다. 그래서 땅 이름은 이천利川이 되었다. 일행들과 함께 임금님께 진상했다는 쌀로 지은 밥으로 점심을 먹은 후 지역 특산물로 유명한 도자기 가게에서 차를 마셨다.

　　그 다음 설봉공원의 번다함이 끝나는 호젓한 자리에 있는 설봉서원을 찾았다. 양지바른 곳에 사방으로 산이 둘러싸여 있는지라 아늑한 느낌을 더해 준다. 거기서부터 영월암 가는 길은 엄청 가파르다. 하늘이 열릴 무렵 걸음을 멈추니 큰 바위에 새겨진 마애불이 눈에 들어온다. 이천 시내를 굽어보며 저 멀리 남한강을 응시하고 있었다.

이천의 진산은 설봉산雪峯山이다. 이름 그대로 설산이다. 히말라야 산맥(설산)에서 흰 눈이 녹아 흘러내린 계곡물이 모여 갠지스강을 이루면서 북부 인도 땅을 풍요롭게 만들었다. 그 넉넉함은 다양한 문화를 창출했다. 경기도 이천 설봉에서 흘러내린 물은 여래계곡을 거쳐 설봉호에서 잠시 머물다가 남한강을 향하면서 주변 지역을 적셨다. 너른 이천 들판은 '임금님표' 쌀을 비롯한 풍부한 농산물을 생산했다. 하지만 때로는 풍요로움이 지역민에겐 화근이 되기도 한다. 멀리 삼국시대에는 고구려·백제·신라가 한강 유역을 차지하기 위해 서로 밀고 밀리는 각축전을 벌였기 때문이다. 설봉산성에는 김유신이 통일전략을 세웠다는 전설이 전해 오는 장소도 있다. 그 무렵 의상 대사가 이 지역에 북악사를 창건했다. 설봉산의 옛 이름이 북악산이다. 사찰 규모가 만만찮았다고 한다. 1744년 조선 중기 영조 때 영월 낭규映月郞奎 대사가 산 중턱에 암자를 중창한 후 영월암이라고 이름을 바꾸었다. 작은 암자가 변란으로 없어진 큰 절을 대신하면서 그 역할까지 감당했을 것이다.

설봉산에는 1564년 창건된 경기 최초 서원인 설봉서원이 있고 경기 최대 마애불이 있는 영월암이 있다. 어쨌거나 최초와 최대는 나름의 의미를 지닌다. 설봉서원은 우리나라 외교관들의 롤 모델이라는 고려의 서희(徐熙, 942~998) 선생을 비롯한 이천을 대표하는 3인의 선비 위패를 모시고 있다. 대원군에 의해 훼철된 지 136년이 지난 후 2007년 새로 복원하였다.

이후 현대적 서원 설립의 본래 목적인 교육 기능을 한껏 살렸다. 지자체와 긴밀한 협조 속에서 문화원 형태로 운영한다. 사서오경과 함께 붓글씨, 전통 예절, 다도 등 다양한 강좌가 월요일부터 토요일까지 오전·오후로 빼곡하다. 어린이와 군인의 인성 교육까지 위탁받아 진행한다.

서원의 원래 터는 이 자리에서 500미터 남짓 떨어져 있는 현재의 현충탑 부지였다고 한다. 유허비만 남겨 둔 채 자리를 옮겨야 했다. 어쩔 수 없이 옮긴 터였지만 옛터 못지않게 넓고 양명했다. 하지만 현재 자리에서 또 건물 위치 선정 때문에 고심하다가 본래 계획보다 앞쪽으로 약간 내렸다. 왜냐하면 뒤쪽은 이미 주춧돌을 비롯한 각종 건축 부자재가 노출되어 있는, 용도를 알 수 없는 건물지였기 때문이다. 설봉서원 원장 선생께서 실무자를 대동하고 직접 안내와 함께 이런저런 이야기를 자세히 들려주셨다. 설명을 듣다 말고 주춧돌을 보다가 불현듯 여기가 영월암의 전신이라는 북악사 터가 아닐까 하는 생각이 한순간 스쳐 간다.

이 터뿐만 아니라 이천 지역의 목조 건축물 역시 많은 변화가 있었다. 이천 관아를 뜯은 재목 가운데 일부가 이천 향교의 건축 재료로 사용되었고, 향교가 허물어지면서 일부 부재는 1948년 영월암 대웅전을 보수할 때 사용되었다고 한다. 하기야 관청 목재, 향교 목재, 사찰 목재가 따로 있겠는가. 원재료는 동일하지만 용도에 따라 그 이름만 달리 불릴 뿐이다. 또 향교 옆에는 오층석탑이 있었다. 이는 향교 자리가 원래 절터였음을 시사하는 물증인 셈이다. 하지만 그 탑마저 일제강점기 때 일본으로 반출되어 현재 도쿄(東京) 시내 오쿠라 호텔 뒤뜰에 있다고 한다. 절집의 탑이 어떤 때는 향교의 조경물이 되기도 하고, 또 어떤 때는 남의 나라 호텔 정원 장식물로 바뀌기도 한다. 어쨌거나 문화재는 상황에 따라 주변이 바뀔 수도 있고 아예 옮겨 갈 수도 있다. 하지만 그런 과정은 반드시 역사 기록으로 남겨야 하고, 또 필요한 사람들에게 공유되어야 한다. 서방에서 온 어떤 종교는 인근 광주 퇴촌면 천진암을 '200여 년 전 어느 날 하늘에서 뚝 떨어진 그들만의 성지'처럼 설명하고 있다. 불편한 진실이라고 하여 일부러 기록을 은폐하거나 의도적으로 기존 유물을 폐기하는 일이 있었다면 그것은 또 다른 문화 파괴 행위라 하겠다.

영월암과 설봉서원은 계곡의 상류와 하류를 각각 지키고 있다. 같은 골짜기의 물을 마시고 사는 까닭에 서원과 사찰의 친목도 도타웠다. 한 우물물을 먹고 사는 마을 주민과 진배없는 까닭이다. 같은 도로를 사용하는지라 겨울에는 눈도 함께 쓸어야 한다. 이런저런 인연으로 자연스럽게 지역 사회의 일을 같이 도모할 일도 많았다. 이천 땅에서 서원은 사찰을 품고 사찰은 서원을 품는 흔치 않은 광경을 만난 것이다. 덕분에 지나가던 나그네도 융숭한 대접과 함께 서원 역사서와 관계 인물에 대한 자료까지 얻을 수 있었다.

일본에서 절은 신사로 인하여 빛나고 신사는 절 때문에 빛나는 모습을 더러 보았다. 나라(奈良) 지방의 동대사(東大寺, 도다이지)와 인근에 있는 큰 신사인 춘일대사(春日大社, 가스카타이샤)도 그랬다. 춘일대사 소유의 사슴들은 주로 동대사 입구에서 놀면서 관광객들에게 먹을 것을 달라고 보챈다. 그 야말로 동가식서가숙東家食西家宿인 셈이다. 필요하다고 판단되면 사슴이 스스로 사찰과 신사 공간을 수시로 오갈 뿐이다.

일정을 마무리한 후 돌아서는 길에 '설산영월(雪山映月)'을 시제로 삼은 한글 주련이 종무소인 안심당 기둥에 네 자씩 걸려 있길래 찬찬히 읽었다.

"설산에서 수련하니 마음 달이 밝았도다."

가정식 우동집과
백운 선생

은퇴 후 출가(出家, 세상을 벗어나 수행 생활을 하는 것)를 꿈꾸는 이가 찾아왔다. 정년
퇴직을 몇 년 남겨 둔 상태다. 그는 태어난 지 몇 년이 지난 후에 출생신고
를 했다고 한다. 유아 사망률이 높던 시절엔 흔한 일이다. 읍내로 가는 마을
이장에게 부탁했더니 무슨 연유인지 나이를 세 살이나 더 부풀려 호적에
올렸다. 그 바람에 형뻘인 동급생들에게 '말을 놓으면서' 학교에 다녔다.
본의 아니게 나이를 속인 것에 대한 괴로움이 문득문득 그를 괴롭혔다. 급
기야 아버지에 대한 미움으로 발전했다. 오십이 넘어 시작한 명상 수행 덕
분에 그 미움의 실체를 알아차린 뒤에야 미움이 사라지는 경험을 했다. 그
래서 정년퇴직 후 명상을 본격적으로 해보겠다는 마음을 내게 되었다고

한다.

이런저런 이야기를 나누다 보니 강화도 다리를 지나 목적지인 백운 이규보(白雲 李奎報, 1168~1241) 선생 묘소 앞에 도착했다. 여주 이씨 문중에서 만든 커다란 비석을 손가락으로 짚어 가며 한 자, 한 자씩 읽었다. 조선의 서거정(徐巨正, 1420~1488)이 '동방의 시성詩聖'이라고 칭송하였다는 것과 고려의 최자(崔滋, 1188~1260)가 '해와 달과 같아 감히 언급할 수 없는 문학적 천재'라고 평한 것을 비문에 그대로 인용했다.

영당影堂 문은 활짝 열려 있다. 다른 사당을 방문했을 때 대부분 자물쇠로 잠겨 있던 경험에 비추어 보면 의외다. 반대로 다른 사당에서는 주로 열려 있는 관리인이 머무는 집 대문은 굳게 닫혀 있다. 개 짖는 소리만 들린다. 백운 선생의 글을 답사 현장에서 처음 만난 것은 해인사 장경각 입구에 걸려 있는 「대장각판군신기고문」이었다. 당시 강화도에서 만들었던 팔만대장경 조성 경위를 기록한 글이다.

그는 '글로써 나라를 빛낸다(이문화국以文華國)'는 좌우명을 지닌 관료인 동시에 '이문사불(以文事佛, 글로써 불교를 받들다)'을 추구한 거사居士였다. 두 가지를 함께 충족시킨 문장이 「대장각판군신기고문」이다. 아들과 손자의 노력으로 어른의 글을 수집하고 판각하여 문집을 만들어 낸 덕분에 주옥같은 많은 문장이 오늘날까지 남아 있다. 문집을 판각한 장소가 대장경 판각지와 동일하니 팔만대장경과 떼려야 뗄 수 없는 인물이다.

60대 중반에 퇴직한 백운 선생은 일흔 살에 돌아가셨다. 은퇴 후에도 나랏일에 고문을 맡아 대몽對蒙 항쟁기 때 각종 외교 문서 작성에 기여했다. 정년도 없는 당시는 근력이 달리면 알아서 은퇴하던 시절이다. 그럼에도 기운이 남았는지 후배 관리들에게 이런저런 간섭을 하며 살았다. 「대장각판군신기고문」도 퇴직하던 66세(1237) 때 쓴 글이다. 은퇴 후에도 하던 일을 계속 하면서 살았으니 어찌 보면 가장 이상적인 삶을 산 어른이기도 하다.

점심시간을 앞두고 '가정식 우동'이라는 간판을 보고 차를 세웠다. '가정식'이란 말 자체가 적지 않은 위로감을 주었기 때문이다. 화학과 물리를 전공했다는 은퇴 교사 부부가 '놀기 삼아' 운영하는 곳이다. 정년퇴직 후 일본으로 가서 요리 공부를 했다고 한다. 컨테이너에 디자인을 가미한 작은 건물이다. 식당 설계자가 그렸다는 드로잉 작품으로 벽면을 심심치 않을 만큼 장식해 놓았다. 반半은 주방이고 탁자 세 개가 전부다. 손님끼리 서로 어깨가 닿을 만큼 가까움이 주는 따뜻함 때문인지 처음 보는 사람들과 저절로 말을 섞게 된다. 개업한 지 몇 달 되지 않았고 두 가지 단품만 취급하는 소박한 밥집이다. 아름다운 인생이 얼굴에 그대로 남아 있는 안주인은 후식으로 커피를 덤으로 준다. 우동, 덮밥, 커피로 메뉴가 바뀔 때마다 "맛이 어때요?"라며 살갑게 묻는다.

은퇴 후에는 여러 가지 길이 있다. 백운 이규보처럼 마지막까지 관직에 한 다리를 걸쳐 놓고 하던 일을 계속할 수 있다면 고민 없는 은퇴길일

백운 선생처럼 마지막까지 하던 일을 계속할 수 있다면 고민 없는 은퇴길일 것이다.
교사 부부처럼 전혀 다른 길을 찾는 것도 나름 방법이다.

것이다. 교사 부부처럼 요리를 배우는 방법으로 전혀 다른 길을 찾는 것도 나름 방법이다. 출가를 꿈꾸는 사람도 있다. 인생 후반기에 어떤 방식의 삶을 선택할 것인가? 고령화 시대를 맞이한 우리 사회에 새로운 화두가 깊숙하게 자리 잡고 있음을 실감한 하루다.

인물은 가도 글씨는 남는다

모든 것이 호기심으로 가득했던 학인 시절에 몇몇이 뜻을 모아 경남 합천군 가야면에 있는 농산정籠山亭 정자 인근 절벽에 새겨진 최치원(崔致遠, 857~?) 선생의 시문을 탁본하러 갔다. 겨우 발판으로 사용할 수 있을 정도의 넓이를 가진 바위로 된 비계飛階 위에서 조심스럽게 발을 옮겨 가며 먹물 묻힌 솜방망이를 두들겼던 기억이 새롭다.

그때 탁본한 것은 이미 내 곁을 떠난 지 오래되었다. 그런데 얼마 전 족자로 만든 '제시석題詩石' 탁본을 옛 벗에게 선물로 받았다. 내 땀이 서린 본래 작품이 돌아온 것처럼 기뻤다. 왜냐하면 원판이 동일하기 때문이다. 다실에 걸어 놓고 한 줄 한 줄 읽으니 1,200년 전 느낌이 그대로 촉觸을 따라 전해진다.

　합천군 가야산 입구 홍류동 계곡 암반과 석벽에는 많은 시문과 글씨, 그리고 다녀간 이들의 성명이 새겨져 있다. 돌로 만든 명함이 얼마나 많은지 조선 인물 절반을 모아 두었다고 평할 정도였다. 또 계곡에서 놀던 사람의 이름이 팔만대장경보다 더 많다고도 했다. 이 자리에 이름이 없다면 시인·묵객으로서 부끄러운 일이라고 할 만큼 서로 경쟁적으로 새긴 탓이다.

　2015년 간행된 종현 스님의 계곡 답사 자료집 『보장천추寶藏千秋』에서는 "해인사 노승 혹은 사하촌에서 오래 살았던 지역민에 의하면 1970년대까지 암벽을 타고 오르내리며 원하는 위치에 원하는 글자를 새겨 주는 일을 부업으로 하던 각수刻手들이 있었다."라고 했다. 이제는 이름을 새기고 싶어도 새길 수 없는 시절이 됐다. 개인 이름을 보존하는 영광보다 자연환경을 보존해야 한다는 가치가 우선시되는 시대인 까닭이다.

　제시석은 최치원 선생이 가야산 계곡에 머물면서 그 심경을 읊은 28자로 된 4행시를 새긴 바위를 말한다. 겹겹이 에워싼 산과 큰 소리를 내며 흐르는 물소리로 인하여 세상일의 시비에서 벗어날 수 있었다는 은둔의 땅 홍류동을 예찬한 글이다.

　영원히 보존되길 바라는 마음에서 이 시를 바위로 된 계곡 바닥에 새겼지만, 세월이 흐르면서 거친 물살로 인하여 글씨가 마모됐고 급기야 알아볼 수 없는 상태에까지 이르렀다. 이를 안타깝게 여긴 이가 건너편 절벽으로 위치를 옮겨 다시 새겼다. 1996년 지관 스님은 원본과 사본의 혼동을 막기 위해 이런 전후 사정을 기록한 비석을 원본 곁에 세웠다. 둘 다 최치원의 친필이 아닌 까닭에 모두 복사판이지만 두 차례에 걸쳐 새겨졌다는 사실 자체가 명품임을 알려주는 증거가 되는 셈이다.

돌에 새겨진 글이라 할지라도 몇백 년 물과 바람에 시달리다 보면 글자 판독에 애로가 생길 수밖에 없다. 게다가 바탕색과 글자 색이 같은지라 요철凹凸로만 구별해야 한다. 보호각도 없이 노천에 드러난 글씨는 더 빨리 닳는지라 읽는 것이 더욱 부담스럽다. 판독을 위한 방편으로 먹물과 종이를 이용한 탁본은 고난도의 기술이 필요하며 시간과 품이 많이 든다. 이뿐만 아니라 부스러져 가는 글씨의 훼손은 물론, 원본의 파손까지 재촉하는 반反문화적 행위로 이어지기 마련이다.

그래서 충북 보은군 속리산 지역의 금석문을 정리하던 F스님은 탁본의 한계를 극복한 새로운 방법을 터득했다고 자랑했다. 비결은 밀가루다. 음각된 부분에 하얀 밀가루를 채워 그 자국으로 쉽고 편하게 글씨를 판독할 수 있다. 이를 사진으로 찍고 컴퓨터 화면으로 옮겨 확대하면 마모가 심한 글씨는 물론 깨알 같은 글자까지 읽을 수 있다는 나름의 비책을 개발한 것이다. 남아 있는 밀가루는 빗자루로 털어 내면 간단하게 해결된다.

홍류동 바위에 새겨진 글씨는 자필도 있지만 대필도 있을 것이다. 자필 혹은 명필의 필체를 따로 준비한 경우가 아니라면 현장에서 즉석으로 새겼던 '석수장이체'도 더러 있을 것이다. 금석문 연구에 적지 않은 공력을 쏟았고 많은 비석 글을 남긴 지관 스님도 친필 금석문은 거의 없다. 글을 지은 사람과 글씨를 쓴 사람이 달랐던 까닭이다.

2018년 6월 하순 경북 포항시 청하면에 있는 지관 스님의 생가터 보은원報恩苑을 찾은 뒤 김해 봉하마을에서 당신의 한문과 한글 친필을 동시에 만나게 되었다. 인물은 가도 글씨는 남는 법이다. 이것이 금석문이 가진 포기할 수 없는 치명적 매력 아니겠는가?

마음을 감춘 안경

안경 쓴 옛 초상화를 처음 대한 것은 매천 황현(梅泉 黃玹, 1855~1910) 선생 영정이었다. 전남 구례의 지리산 입구에 있는 사당 매천사梅泉祠에 봉안된 것이다. 안경 너머 쏘는 듯한 눈빛 안에 가려진 서늘함이 함께 하는 이 그림은 상상화가 아니었다. 이미 그 영정의 모본이 된 사진이 있기 때문이다. 한일합방 1년 전인 1909년 천연당天然堂 사진관에서 찍은 것이라고 했다. 그 사진관 주인은 서예가이자 화가로 유명한 해강 김규진(海岡 金圭鎭, 1868~1933) 선생이다. 일본에서 사진 기술을 익힌 뒤 40세 되던 해인 1907년 서울 소공동에서 개업하여 1915년까지 운영했다고 한다. 고종 임금 어진도 촬영할 만큼 전문성을 인정받았고 장안에서 큰 인기를 누렸지만 손익 계산에는 그리 밝지 못해 영업적인 성공은 이루지 못했다.

황현 선생의 사진은 두루마기를 입고 갓을 쓴 뒤 의자에 앉아 부채를 들고 책을 펼쳐 든 모습이다. 영정 사진이 될 것을 염두에 두고 미리 찍어둔 것이리라. "동그란 안경 너머 생각에 잠긴 듯 앞쪽을 정시하는 시선과 비통함을 참는 듯 살짝 다문 입술은 보는 이로 하여금 절로 옷깃을 여미고 숙연한 분위기에 젖게 한다."(조선미, 『한국의 초상화』)는 감상 후기에 '공감!'이란 댓글을 보냈다. 촬영을 마친 이듬해 1910년 그는 망국의 한을 안고 "가을 등불 아래 책 덮고 옛일을 돌이키니 글 아는 사람 노릇하기가 어렵다."는 절명시를 남기고 자진自盡했다.

그로부터 1년 뒤 1911년 영정이 제작되었다. 두루마기(일상생활복)가 아니라 심의(深衣, 예복)를 입었고 갓(실외용)은 화려한 정자관(程子冠, 실내용)으로 바꾸었으며 의자는 돗자리로 대치했다. 둥글고 소박한 뿔테 안경과 책 그리고 부채는 사진을 그대로 반영했다. 이를 그린 화가는 조선왕조의 마지막 어진 화가 채용신(蔡龍臣, 1850~1941)이다. 고종 임금, 흥선대원군 등 왕가 어진은 물론, 항일 의병 운동을 한 최익현 등 기개 있는 선비 영정도 그렸다. 황현 영정 제작도 그 연장선상으로 보인다. 그가 그린 영정 세 점은 뒷날 대한민국의 보물로 지정되었다. 그의 초상화는 기록화에 그친 것이 아니라 예술의 경지까지 올랐다는 평가를 받았기 때문이다.

안경은 임진란 전후에 조선에 들어왔다. 네 명의 임금이 안경을 사용

채용신, 〈매천 황현 초상〉, 개인 소장

했다고 한다. 하지만 임금도 꼭 써야 할 때를 제외하고는 착용하지 않았다. 사용할 때보다 보관할 때가 더 많은 물건인지라 안경집도 덩달아 정교해졌다. 영조는 사도세자의 안경 착용조차 '불경不敬함'을 이유로 반대했다. 안경을 쓰고 알현한 일본 공사를 보고는 고종이 "이 자가 조선을 얕보는구나. 내 앞에서 어찌 감히."라고 할 만큼 안경이란 '그렇고 그런' 물건이었다. 황현 역시 『매천야록』에서 "서재필이 고종을 알현하는 자리에 안경을 쓰고 나타나… 조정이 온통 분노했다."고 기록했다. 어찌 그때뿐이랴. 대한민국 시대인 1970년대 무렵까지도 스님들이 다른 사찰로 몸을 옮길 때 그 절에서 안경을 써도 괜찮은지 기존 대중들의 허락을 받은 후에야 비로소 안경을 쓸 수 있었다고 한다.

우리나라에 현존하는 가장 오래된 안경은 학봉 김성일(鶴峰 金誠一, 1538~1593) 선생이 착용했다는 안경이다. 대모갑(玳瑁甲, 바다거북 등껍질)으로 테를 만든 엄청 고급 안경이다. 대모갑은 장수를 상징하며 재질이 단단하고 또 구하기가 어려운지라 고관대작과 부자만이 소유가 가능했다. 어찌 보면 이 안경이야말로 당신을 대변해 주는 또 다른 상징물이리라. 선생은 선조 임금의 명으로 1576년에는 명나라, 1590년에는 일본을 다녀왔다. 그 무렵 안경이란 물건을 손에 넣었을 것이다. 피나무로 만든 안경집까지 완벽하게 남아 있다.

그는 참으로 미스터리한 인물이다. 퇴계 선생의 학풍을 이어 받은 당대 최고의 도학자이며 대궐에 있을 때는 임금에게도 직언을 서슴지 않았던 인물이었다. 사신으로 일본을 다녀온 뒤 '조선 침략 가능성이 없다'는 개인적인 판단으로 내린 보고를 하고도 살아 남았으며, 임진란이 발발하자 의병을 모집하는 일에 최선을 다했다. 이런 다양한 그의 모습을 한마디로 규정한다는 것은 어불성설이다.

조선 말 궁중 화가 채용신은 황현의 사진이 남아 있어 그것을 통해 영정을 그릴 수 있었다. 하지만 김호석 화백은 얼굴도 알 수 없는 500년 전의 인물인 학봉 선생의 영정을 그려 달라는 부탁을 후손에게 받았다. 그야말로 '대략 난감'이다. 그렇다고 해서 선화禪畵처럼 백지 족자를 내놓을 수도 없는 일이다. 후손들의 모습을 통해 조상의 모습을 추적하고, 남아 있는 문집과 각종 문헌을 통해 그의 우렁우렁한 성격과 기골이 장대한 모습을 구현하는 것은 그리 어려운 일은 아니었다. 하지만 그 복잡다단한 이력을 가진 그의 내면세계까지 그림으로 옮겨 낸다는 것은 난제 중의 난제였다. 그때 안경을 발견했다. 그래, 바로 저거야! 안경을 씌웠다. 그리고 눈동자를 그리지 않았다. 그대로 색깔 없는 선글라스가 된 것이다. 도무지 그의 심중을 헤아릴 길 없는 모습을 재현하는 데 비로소 성공한 것이다.

채용신이 어진 화가에서 선비 화가로 영역을 넓혔듯이 김호석 화백도 어진 화가(노무현 대통령), 고승 화가(법정 스님 등)로 활약하면서 틈나는 대로 집안의 할아버지 아버지 모습을 통해 꼬장꼬장한 선비 모습까지 그렸다. 마지막은 자신의 자화상으로 그 계보를 이으리라.

복잡다단한 이력을 가진 그의 내면세계까지 그림으로 옮겨 낸다는 것은 난제 중의 난제였다. 그때 안경을 발견했다. 그래, 바로 저거야! 안경을 씌웠다.

때가 되어야
비로소 붓을 쥐다

지인의 안내로 김호석 화백의 작업실을 찾았다. 스무 평 남짓 소박한 화실에서는 조계종 10대 종정이셨던 혜암(慧菴, 1920~2001) 스님의 진영眞影 마무리 작업이 한창이다. 영각이나 박물관에 봉안된 완성품을 친견할 일은 더러 있었지만 제작 중인 진영을 접한 일은 처음이다.

진영의 옷은 간소화하고 얼굴에 전념했다. 옷을 살리면 얼굴이 제대로 드러나지 않기 때문이다. 특히 정신세계를 드러내는 통로인 눈빛 묘사가 압권이다. 송나라 장승요張僧繇가 그린 용 그림에 눈동자를 찍었더니 그대로 하늘로 날아가더라는 화룡점정畵龍點睛도 그냥 나온 말이 아니었다.

진영이란 본래 이영심진以影尋眞을 추구한다. 화백은 밖으로 드러난,

그리고 늘 바뀌는 겉모습(影)을 통해 그 인물이 가진 내면세계와 정신세계(眞)를 드러낸다는 지론을 가진 사람이다. 당사자를 제대로 알기 위해 생존 인물이라면 시간 나는 대로 수시로 찾아가 함께 살았다. 고인은 문집과 기록 영상, 글씨, 사진 등을 통해 대화하고 흔적이 서린 곳을 찾아가고 그 길을 산책하며 좋아하던 것을 같이 음미했다. 그리하여 내가 그가 되고 그가 다시 내가 되었을 때 비로소 붓을 쥐었다.

우연의 일치라고 할 수 없는 숙명적인 일도 겪었다. 20대 시절 경남 합천 해인사를 찾았을 때다. 눈빛이 예사롭지 않은 까무잡잡한 마른 스님과 마주쳤다. 그런데 대뜸 뭐하는 청년이냐고 묻는 게 아닌가. 그림을 그린다고 대답했다. 되돌아온 말씀이 인상적이다. "죽은 그림을 그리지 말고 살아 있는 그림을 그려야 한다." 그는 '젊은 법정(法頂, 1932~2010)'이었다. 살아 있는 그림을 위해 인물 스케치도 하고 사진까지 여섯 장 남길 수 있었다. 내뱉은 말에 대한 책임감으로 화가 지망생의 당돌한 요구에 스님이 순순히 응한 결과였다. 이때 찍은 사진은 스님 열반 후 성북구 성북동 길상사에 안치될 진영을 그릴 때 작업을 위한 기본 자료가 되었다.

화백은 '인물화의 장인'이라는 칭호에 걸맞게 유명인 20여 명의 진영을 그렸다. 가장 큰 어려움은 이상형 초상화와 사실형 초상화 사이의 딜레마였다. 작가가 보는 모습과 후손 혹은 제자들이 원하는 모습이 달랐기 때문이다. 작가는 사람들의 그리움에 응하는 그림을 그리고자 했지만 주문

한 이는 자기가 기억하는 모습과 얼마나 닮았는지를 우선적으로 살폈다. 거기에 더하여 흉터나 주근깨, 주름살 같은 것은 최소화된 모습을 요구했다. 그래서 수정본을 포함하여 늘 여러 장을 그리는 비경제적 수고까지 감내해 왔다. 전문가가 볼 때의 '진품'은 영각이 아니라 화실에 남아 있다고 했다. 의도하지 않은 '작가 소장'이 된 것이다. 먼 훗날 진영 박물관이 생긴다면 모든 인물화를 동시 전시할 예정이라는 포부를 밝혔다.

하긴 요즈음만 그런 게 아니라 예전에도 마찬가지였다. 송나라 임제종 황룡파의 개산조인 황룡 혜남(黃龍慧南, 1002~1069) 선사의 초상화를 대하는 제자들의 상반된 태도가 이를 말해 준다. 진정 극문(眞淨克文, 1025~1102)은 "이 진영은 우리 스승님을 그린 것이 아니다. 어떻게 이럴 수가 있느냐?"며 흥분했다. 하지만 잠암 청원(潛庵淸源, 1032~1129) 스님은 진영을 보면서 마냥 눈물을 흘렸다고 전한다. 이것이 진영이 가진 고금의 숙명이다. 동시에 진영이 가진 힘이기도 하다.

눈에 보이는 다리,
보이지 않는 다리

숙소 벽에는 세로로 길게 드리워진 작년 달력이 걸려 있다. 날짜를 보려는 게 아니라 사진을 보기 위한 것인지라 올해도 그대로 두었다. 문화재 사진의 미학자로 불리는 서徐 아무개 선생의 작품집을 겸한 까닭이다. 10월 주제는 경주 월정교다. 타원형의 장대한 여러 개의 교각과 긴 회랑에 기와지붕을 씌우고 양쪽으로 문루門樓까지 갖춘 누교樓橋다. 넓은 강물처럼 보이는 냇물 위에 저녁노을을 배경으로 화려한 모습이 한껏 드러난 순간을 포착했다. 사진 아래 적힌 "복원한 다리에는 여러 말들이 난무했지만, 탐방객들에게는 또 다른 볼거리를 제공한다. 옛것을 그대로 두는 것만이 좋은 것일까? 시대가 변하면 보는 방법도 변해야 하지 않을까?"라는 작가의 짧은 변辨이 감상 포인트가 무엇인지를 일러 준다.

새로 만들어진 다리 덕분인지 인근 한옥마을 주변에 젊은이들이 모여들었다. 예전에 요석궁이라는 한정식집과 최부잣집의 전통주로 상징되던 교촌마을은 '꼰대 문화'(?)를 대표하던 지역이다. 이제는 카페가 생기고 골목골목에 맛집과 아기자기한 가게들이 문을 열었다. 과거와 현재가 자연스럽게 이어진 것이다.

월정교와 몇백 미터 간격을 둔 돌다리에는 웨딩 포토를 촬영하는지 한복을 곱게 차려입은 선남선녀가 저마다의 포즈를 한껏 취하고 있다. 작가는 카메라를 들고 바지를 둘둘 말아 올린 채 물을 밟으면서 연신 카메라 렌즈를 조절했다. 얼마 후에는 젊은 여성들이 휴대전화로 서로 사진을 찍어 주면서 징검다리 위에서 깔깔거린다.

문천(蚊川, 남천이라고도 부른다)에는 많은 다리가 있었다. 신라가 서라벌에 도읍한 이래 몇천 년 동안 주민들과 함께해 온 하천에는 필요할 때마다 크고 작은 다리가 놓였을 것이다. 특히 냇물을 따라 흐르는 고운 모래가 유명했다고 한다. 반월성에서 내려다보면 맑은 물은 아래로 흘러가지만, 모래는 물을 거슬러 올라오는 것처럼 보일 정도였다. 그 광경은 '문천도사蚊川倒沙'라고 이름 붙일 만큼 볼거리였다. 그 위치가 어디인지 불분명한 다리 숫자만큼이나 많은 이야기가 함께 전해 온다. 이름만 남아 있는 '유교'와 '칠교'에는 문자 기록보다 더 많은 사연이 보태져 부풀려진 채 구전으로 떠돌아다녔다.

유교楡橋는 글자로 미루어 짐작건대 느릅나무(楡)를 주재료로 하여 얼기설기 엮은 나무다리였을 것이다. 원효(元曉, 617~686) 대사가 이 다리를 건너다가 미끄러져 물에 떨어졌고, 인근 요석공주 처소에서 젖은 옷을 말렸다. 삶 자체가 워낙 격格을 뛰어넘는 드라마틱한 생애인지라 무슨 일이건 '깊은 뜻'이 있을 것이라고 믿는 백성들의 신뢰는 오늘까지도 별로 변함이 없다. 신라의 대학자 설총(薛聰, 655~?)은 화장한 원효 대사의 유골을 진흙에 섞어 소상塑像을 제작해 분황사에 모셨다. 그때 소상은 아들을 향해 고개를 돌린 채 그대로 멈췄다고 한다. 뒷날 이 모습을 만난 고려 말 일연(一然, 1206~1289) 선사는 『삼국유사』에 "달 밝은 요석궁에 봄잠 길더니 문 닫힌 분황사에 돌아보는 모습만 허허롭구나(月明瑤石春眠去 門掩芬皇顧影空)."라는 시를 남겼다. 그리고 보니 몇 년 전에는 스스럼없이 "원효 ○○대손입니다." 하면서 자기를 소개한 이를 만났던 기억까지 문득 떠오른다.

칠교七橋는 징검다리였다. 아녀자 걸음으로 일곱 걸음 정도면 건너갈 수 있는 거리라면 냇물 폭이 그다지 넓지 않은 곳일 것이다. 그런데 젊은 홀어머니가 밤마다 개울을 건너 이웃 마을의 정인(情人, 남자친구)을 만나러 다녔다. 이 사실을 알게 된 아들이 개울물에 몰래 돌다리를 놓았다. 물을 건너는 어머니의 버선발이 젖지 않도록 효도를 다한 것이다. 그래서 이름이 효교孝橋가 되었다. 여기까지는 팩트fact다.

하지만 그때도 그 후에도 '소설가'는 많았다. 징검다리의 돌 숫자가 일곱 개이니 아들이 일곱 명일 것이라는 추측도 나돌았다. 한 걸음 더 나아가 일곱 아들은 뒷날 죽어서 북두칠성이 됐다는 속설까지 등장했다. 다산多産을 기원하는 칠성 신앙의 영향일 것이다. 가부장적 권위주의 시대에는 '이런 행동은 효도가 아니라 오히려 불효'라는 목소리가 드높았다. 그러나 개명 사회의 양성평등주의자들은 그 주장을 그대로 받아들일 수가 없었다. 격렬한 논쟁이 벌어진 끝에 겨우 양측이 합의를 했다. 효도와 불효가 동시에 이뤄진 효불효교孝不孝橋로 다리 이름을 바꾼 것이다. 이처럼 작명에는 알게 모르게 시대적 가치관이 반영되기 마련이다.

눈에 보이는 다리가 있는가 하면 눈에 보이지 않는 다리도 있다. 소리 소문 없이 한국과 일본을 이어 주는 가교 역할을 묵묵히 해오던 경주 외동 수곡사水谷寺에서 열린 추모재에 도반들과 함께 참석했다. 올해는 신종 코로나 바이러스 감염증으로 인해 일본 나가사키(長崎)현 이키시마(壹岐島)의 천덕사天德寺 승려들은 오지 못했다. 일본 사찰에는 1945년 해방이 되면서 귀국하던 배가 태풍을 만나 숨진 유골 몇백 기가 봉안돼 있다. 매년 10월이면 한·일 양국의 승려들이 뜻을 모았다. 격년으로 상대방 사찰을 방문해 영혼을 달래 주는 행사를 통해 민간 외교 사절 역할을 했다. 수십 년 동안 형체 없는 다리를 만든 셈이다.

다리의 소임은 양쪽을 이어 주는 일이다. 옛 월정교는 남산과 왕경王

京을 이어 주고 새 월정교는 과거와 현재를 이어 준다. 작은 섬 이키시마는 규슈(九州)와 쓰시마(對馬島) 두 지역을 지리적으로 잇는 짧은 징검다리였다. 이제 종교인들의 노력으로 한국과 일본을 이어 주는 또 다른 큰 다리 노릇이 추가된 것이다.

오대산과 가야산,
만남과 은둔

꽃진 자리에 잎이 돋는가 했더니 어느새 푸르름을 더해 가는 시절이다. 도로를 따라 달리며 바라보는 한강은 이미 봄 물빛이 바랬고 어느새 여름 색으로 바뀌어 간다. 코로나19 때문에 '방콕'이 일상화된 지도 서너 달이 지났다. "답답할 테니 (강원도) 오대산으로 바람 쐬러 오라."는 교구장 스님의 배려 깊은 초청을 받은 몇 명이 함께 길을 나섰다. 이틀 전에는 해인사에 회의하러 오라는 업무 전화를 받고 혼자 가야산을 다녀왔다. 사흘 사이에 하루 걸러 가야산과 오대산을 다녀온 셈이다. 역시 회의하러 가는 것보다는 놀러 가는 일이 더 즐겁다. 일하기 위해서 쉬는 게 아니라 쉬기 위해서 일한다는 '워라밸(워크 라이프 밸런스, work-life balance)'이 대세인지라 워크홀릭

작가 미상, 〈금강산도권〉 중 '오미산 중대', 국립중앙박물관 소장

(workholic, 일 중독)은 이제 더 이상 현대인에게 미덕은 아니다.

큼직한 선돌에 새겨진 '오대성지五臺聖地'라는 굵은 먹물 글씨가 나타 났다. 서예가 남천 모찬원(南川 牟贊源, 1916~?) 선생 글씨라고 삼척 천은사에 머물고 있는 도반이 문자로 답장을 주었다. 절집 몇 군데 당신의 현판 글 씨가 남아 있지만 이력과 행적을 따로 드러내지 않는, '오직 작품으로만 말 하는' 은자隱者 스타일인 듯하다. 작품보다는 지위를 먼저 보는 세태에 대 한 경종이 될 법하다. 가야산 입구의 '해인성지海印聖地' 글씨는 성철 스님 작품이다. 남천 선생은 제대로 은둔했고, 성철 스님은 은둔했지만 그로 인 하여 오히려 더 드러나게 되었다. 살펴보니 두 어른의 나이 차이는 네 살 에 불과한 거의 동시대 인물이다.

어쨌거나 두 산이 주는 느낌은 사뭇 다르다. 풍수가들은 오대산은 육 산肉山이고 가야산은 골산骨山이라고 부른다. 오대산은 평평한 흙산이고 가야산은 바위로 울퉁불퉁하다. 육산은 품이 넉넉하고 골산은 기상이 장 대하다. 산이 많은 강원도에도 흙산이 있고 평야가 많은 경남에도 돌산은 있기 마련이다. 강함 속에는 부드러움이 빛나기 마련이고 부드러움 속에 는 강함이 돋보이기 마련이다. 그래서 두 산이 사람들에게 더욱 매력적으 로 다가오는 것이리라.

오대산이란 이름은 중국 하북(河北, 허베이)성에 있는 문수보살文殊菩薩 의 성지로 유명한 오대산에서 기원한다. 가야산伽倻山이란 명칭은 붓다가야(부처님이 깨달음을 이룬 곳)에 뿌리를 두고 있다. 인도 북부 지방에서 탄생한 불교가 동아시아로 퍼지면서 생긴 자연스러운 문화 현상이다. 특히 종교적으로 의미 있는 이름은 교세를 따라 이동하기 마련이다. 스페인의 대표적 성지인 산티아고Santiago는 남미 칠레의 수도 산티아고가 되었고, 아르헨티나·쿠바에도 같은 이름의 도시가 있다. 심지어 미국 샌디에이고San diego 역시 연원은 동일하다.

오대산에는 선재길이 있고 가야산에는 소리길이 있다. 모두 올레길 걷기 열풍을 따라 옛길을 복원한 것이다. 길만 있다면 전국에 산재한 여느 둘레길과 별다른 차이가 없을 것이다. 자기만의 스토리텔링이 있어야 나름의 생명력을 가진다. 조선의 세조(世祖, 1417~1468) 임금도 선재길 계곡을 걸었다. 땀이 났다. 그렇잖아도 피부병으로 고통이 이만저만이 아닌데 땀까지 차니 가려움증이 더욱 심해졌다. 할 수 없이 계곡에서 목욕을 하게 되었다. 그때 문수보살이 소년의 모습으로 나타나 등을 씻어 준다. 이후 피부병은 거짓말같이 나았다는 영험담이 전해 온다.

소리길은 신라 때 고운 최치원(孤雲 崔致遠, 857~?) 선생의 은둔처이다. 계곡의 물소리로 귀를 막고 세상에서 들려오는 시비是非 소리를 산을 병풍 삼아 거부했다. 두 사람의 구원 방식은 정반대다. 세조는 동자와의 만남으로 인해 고질병이 나았고, 최치원은 스스로를 산골짜기에 가두는 단절을 통해 번뇌로부터 구원을 얻는다. 구원의 방식은 사람마다 다르기 마련이다. 동일한 방식의 구원이라면 어느 누구에게도 구원이 되지 못한다.

가야산 홍류동 계곡에 은둔한 고운 선생은 가끔 소리길을 따라 해인사를 다녀오곤 했다. 그 길은 지팡이가 있어야 할 만큼 가파르다. 지팡이 재료는 전나무였다. 어느 날 문득 그 지팡이마저 무겁고 귀찮은지라 무심코 팔만대장경을 보관하고 있는 장경각 입구 언덕에 꽂듯이 버렸다. 빈손으로 내려오는 길은 날아갈 듯 가벼웠다. 남겨진 지팡이는 이듬해 싹이 났고 해를 거듭하며 무럭무럭 자랐다. 이후 최치원의 지팡이 나무로 알려지면서 많은 사람들이 이 대형 전나무를 찾아왔다. 하지만 2019년 태풍으로 쓰러지면서 이제 전설만 남았다.

오대산 입구 역시 전나무가 길을 따라 줄지어 서 있다. 그 길 따라 '코로나 은둔'에 지친 사람들이 마스크를 쓴 채 찾아와서 걷기를 통해 위로와 치유를 받고 있다. 전나무는 오대산과 가야산에서 은둔이라는 존재 방식을 통해 역설적으로 세상에 기여하는 삶을 살고 있는 셈이다.

걸리면 걸림돌,
디디면 디딤돌

절집의 족보로 따지자면 동생뻘 되는 스님이 연구실로 찾아왔다. 주섬주섬 백팩을 뒤적이더니 첫 책이 나왔다면서 두 권을 내놓는다. 이미 오래전부터 그가 페이스북에 올린 글을 간간이 읽어 오던 터였다. 사진과 그림 그리고 단문이 대세인 '비주얼 시대'임에도 불구하고 읽기에도 숨이 찰 만큼 긴 글을 계속 막무가내로 올려 댔다. 그럼에도 '아날로그 세대의 사명감'으로 끝까지 읽었다. 치열한 문제의식과 그것을 해결하기 위한 사색이 녹아 있는 내용에 공감했기 때문이다. 하긴 페이스북이 아니라 책으로 나와야 제격인 글들이다. 이제사 비로소 제자리를 찾아간 셈이다.

　이내 언론사의 인터뷰 기사가 뜨고 개인 블로그에도 서평이 심심찮게 나온다. 40대 초반의 '신세대'만이 보여 줄 수 있는 신선한 관점과 문제 해결 방식이 후한 점수를 받았고 또 나름의 톡톡 튀는 서술이 시선을 끌었기 때문일 것이다. 독서 시장에서 새로운 글을 찾는 고객의 요구에 어느 정도 부응한 까닭인지 종이책은 이미 만성화된 불경기에 접어들었다는 세태 속에서도 나름대로 선전하여 출판사의 연말 효자 노릇을 하고 있다는 편집자의 덕담도 들려온다.

지방에서 독자와의 만남을 가진다는 것도 SNS를 통해서 접했다. 어느 날은 가까운 종로에서 출간 기념 강연을 한다고 했다. 그야말로 자리를 빛내 주려고 갔다. 혼자보다는 여럿이 함께라면 더 빛날 것이다. '답사만리'라는 모임에 연락을 했다. 이번에는 출판 문화의 현장을 찾는 것이 좋겠다는 의견을 전했다. 가고 싶은 곳을 항상 자기들이 논의하여 결정했지만 이번에는 본의 아니게 꼰대 노릇을 한 셈이다. 그 부분을 만회하기 위한 이유를 장황하게 설명했다. 신촌에 소재한 서강대 종교학과에서 불교 과목을 D학점 받은 학생이 출가하여 선원에서 10여 년 수행을 한 후에 첫 책을 들고 세상으로 돌아왔노라고, 출판 에디터처럼 장황한 광고문을 날렸다. 열 명 남짓 되는 대학생들이 나타났다. 다행히도 학연이라는 동질성 때문인지 모두 흔쾌히 동의한 나들이가 되었다고 한다. 우리 팀은 중간 자리에 일렬로 전깃줄의 제비처럼 앉아 경청했다. 강당 첫째 줄은 스님의 속가 가족들이 차지하고 있다는 아름다운 모습을 저자가 강연 도중에 직접 언급했다.

강연이 시작되기 전 시간이 있을 때 저자에게 부탁하여 미리 책에 사인을 받아 두었다. "적당히 건강하고 적당히 행복하세요."라는 말이 자기가 전하고 싶은 메시지라고 하면서 10여 권에 동일한 내용을 적어 준다. '적당히'란, 아버님의 가르침인 '그만 하면 됐다'라는 뜻이라고 했다. 여벌로 D학점을 준 스승 서명원 신부에게 전할 책에도 마지막 부분에 '제자 ○○'라고 쓰는 겸손함도 잊지 않았다. 왜 D학점을 받았느냐고 물었더니 언어도단(言語道斷, 언어로써 표현할 수 없는 것)의 경지를 보여 준답시고 백지를 내는 객기를 부렸다는 것이다. F학점을 받지 않은 것은 그나마 교수님이 자비를 베푼 것이었다고 해야 할까?

몇 년 전에 그 신부 교수의 초청을 받아 개강 채플 시간에 강론을 할 기회를 가졌다. 서두에 절집의 형제 스님께서 이 학교 종교학과 졸업생이란 말로 시작했던 기억이 새롭다. 강론을 마친 후 젊은이 몇 명이 면담을 신청했다. 그때의 몇 명이 이제 수십 명의 회원으로 늘어났고 인근 대학의 학생까지 더해졌다. 함께 맛집을 찾고 분위기 있는 카페에서 차를 마시면서 대화를 나누었고 문화가 있는 곳을 찾아다녔다. 시작은 미미했으나 이제 제법 창대한 모임이 된 것이다.

책상 위에 밀쳐 두었던 그 책을 손에 쥐었다. 삿갓을 쓰고 승복의 옷고름을 바람에 휘날리며 걸어가는 뒷모습을 자동카메라로 포착한 자기

사진을 표지로 사용했다. 본인이 직접 썼다는 다소 도발적인 내용으로 구성된 프로필이 날개 부분을 장식했다. 본문에는 출가 동기를 짐작케 하는 글이 있었다. 군대에서 자기가 15분 전까지 휴식하다가 잠시 자리를 떠났던 나무 그늘 밑으로 장갑차가 돌진했고 전우 두 명이 사망하는 광경을 목격했다. 죽고 사는 것이 찰나라고 하더니 정말 그랬다. 이별을 통보하고 여자친구에게 하이힐로 사정없이 얻어맞는 '진리를 경험'한 후 출가를 결행했노라고 대외비(?)로 분류되는 사생활까지 용감하게 공개했다.

설사 사인해 준 귀한 책이라 할지라도 서문과 목차 그리고 마지막 페이지 후기만 읽고 책꽂이에 모셔두는 경우가 대부분이다. 시간이 나길래 책을 잡은 김에 통독했다. "그건 경전에 나오는 말이고…. 그거 말고 네 얘기해 봐."라는 어느 선지식의 말에 필feel이 꽂힌 탓인지 자기 안목으로 바라본 경험치에 꽤 많은 페이지를 할애했다. 같은 돌이지만 걸리면 걸림돌이 되고 디디면 디딤돌이 된다는 부분에는 연필로 밑줄을 쳤다. 등잔 밑이 어둡다는 속담도 새롭게 해석했다. "등잔불은 내 앞만 밝아지고 오히려 주변은 어둡게 만든다. 이것이 등잔의 효용이자 폐해이다. 자기가 가진 등잔불을 끄면 주변까지 보인다."는 말로써 내 앞뿐만 아니라 내 주변까지 밝힐 수 있는 안목을 갖추라고 주문했다. 진실한 자유란 '벗어나는' 자유가 아니라 '걸리는' 자유다. 상황과 조건을 부정하고 벗어나는 자유가 아니라 그 어떤 상황과 조건이건 수긍하고 받아들이는 자유라고 해석했다.

설렁설렁 읽을 만큼 쉽게 넘어가는 책은 아니었다. "질문이 멈춰지면 스스로 답이 된다"는 책 제목처럼 W스님의 글은 읽다 보면 스스로를 돌아보게 만드는 힘이 있다. 힐링이 아니라 킬링을 추구했다. 하지만 결국 그 킬링을 통해 다시 힐링으로 환원되는 방식이라고나 할까.

2

길은 생기기도 하고
없어지기도 한다

녹번동, 뼈를 튼튼하게
해주는 고갯길

서울에도 광산이 있다는 도반의 문자를 받았다. 그가 살고 있는 서울 은평구 녹번동 지명의 뿌리라는 부연 설명이 뒤따른다. 호기심에 연휴를 틈타 은평 둘레길을 운동 삼아 함께 걸으면서 답사까지 겸했다.

　도심 속 섬 같은 동네라는 '산골마을' 골목길은 이내 간선도로와 이어졌고 인도를 따라가니 중앙차로에는 '산골고개'라는 버스 정류소가 보인다. 한글 표기만 읽다가는 심심산골인 옛날 고개 정도로 이해하기 십상이다. 산골은 다른 말로 생골生骨이다. '뼈를 살리는' 고갯마루다. '살리다'라는 말은 '살다' 혹은 '산다'로 이어지는 가지치기를 거듭했다. 뼈가 산다고 하니 우리말로 '산골'이 되었다. 그런데 항상 과잉이 문제다. 한문으로 다시 번역하면서 오해가 생겨 소리 나는 대로 기록하다 보니 산골山骨로 바뀐 것으로 추정된다.

생골은 파란 광채가 나는 광물질인 녹반綠礬을 말한다. 골절 치료에 탁월한 효험이 있다는 한방 약재다. 『동의보감』에서는 '반석礬石은 뼈와 치아를 단단하게 해준다(堅骨齒)'고 했다. 반석류에는 녹반, 흑반, 홍반을 포함했다. 별다른 약이 없던 시절, 녹반고개에는 한양 도성과 북한산성, 남한산성을 쌓을 때 사고로 뼈를 다친 일꾼들이 엄청 붐볐을 것이다. 대동여지도를 만든 김정호(金正浩, 1804~1866) 선생이 제작했다는 수선전도(首善全圖, 수선首善은 서울을 의미한다)에서도 '녹반현綠礬峴'으로 표기되었을 만큼 유명했다. 어쨌거나 세월이 흐르면서 생골이 산골이 된 것처럼 녹반현은 녹번동이 되었다.

일제강점기에 광업이 허가제로 바뀌었다. 지역에서 집성촌을 이루며 살던 김씨 집안에서 1930년 채굴권을 얻은 이래 3대를 거치면서 가업이 되었다. '산골 판매소'라는 돌 간판이 서 있는 입구에서 시멘트 계단을 밟으며 절벽을 따라 올라가니 낡은 알루미늄 문이 보인다. 동굴형 사무실 책상에 앉아 있는 주인장과 처음 대면했다. 일요일만 쉬고 매일 출근한다고 했다. 약재상 등 단골들이 연락도 없이 드문드문 찾아오기 때문이다. 물론 소문을 듣고 오는 개인도 더러 있다. 예전에는 자주 작업을 했지만 지금은 그러지 못한다고 한다. 좋은 의료 시설과 치료제가 많기 때문이란다. 채굴이라고 해봐야 필요할 때 광부 한 명을 부르는 수준이다. 사장 1인과 비상근 직원 1인 회사인, 전국에서 가장 작은 광산이기도 하다.

　산골 판매소는 경제적 가치도 가치지만 그보다는 오히려 문화적 가치가 더욱 돋보이는 또 다른 형태의 박물관이라 하겠다. 큰길이 뚫리면서 고개마저 깎여 나가도 이 자리를 꿋꿋하게 지켜 온 우직함 덕분에 은평구의 백년 기업인 노포老鋪로 인정받았다. 현장에는 오래전에 생골을 긁어낸 자국이 바위에 그대로 남아 있다. 또 수시로 산을 파야 하는 위험한 일인지라 산신에게 미리 양해를 구하는 기도 자리인 '산왕대신山王大神' 글씨도 창업 무렵에 새겼을 것이다.

　어쨌거나 백 년을 이어 온 저력은 마니아 층의 신뢰와 좋은 품질 덕분이다. 업주의 설명에 따르면 중국산 녹반은 독성이 심하기 때문에 센 불에 구워 식초에 담그기를 반복하는 복잡한 법제法製를 거쳐 약으로 사용하지만 이곳 녹반은 독성이 없는지라 그런 과정이 생략되는 것이 그 나름의 경쟁력이라고 했다. 흰 종이에 싼 은빛으로 반짝이는 좁쌀만 한 녹반 알갱이 수십 개를 방문 기념 선물로 받았다.

　동네 이름의 근거지가 되는 녹반의 생산 판매 시스템이 그대로 고스란히 살아 있다는 사실이 참으로 경이롭다. 개발 시대 이후 표지석만 남기고 아무런 흔적도 없이 사라진 도심의 많은 문화유산 터를 대할 때마다 느끼던 그동안의 허무감을 달래 주고도 남는다. 덤으로 '산골고개'라는 버스 정류장 이름마저 자동 홍보판이 되는 특별한 공공 자산까지 보유한 곳이라는 사실이 안도감을 더해 준다.

　뼈를 살리는 고개라고 하였으니 북한산 안산 둘레길과 묶어서 자주 걸어 준다면 날마다 생골로 바뀌면서 골다공증까지 막아 줄 것이다. 물론 치료보다는 예방이 우선이다.

복우물에도 도둑 샘에도
맑은 물이 넘친다네

경기도 성남시 수정구 복정동의 단출한 절에 살고 있는 도반과 함께 동네 유람을 했다. '복우물(복정福井)'로 불리는 이 일대는 지역 주민이라야 안내할 수 있는 숨어 있는 생활 문화유적이다. 게다가 복우물은 이미 오래전에 없어졌다는 사실도 아는 이가 드물다. 토박이만 알 뿐이다.

그럼에도 복정동이라는 동네 이름은 남았고, 도로명인 복정로가 있다. 복우물은 지하철역 이름 '복정역'으로 되살아났다. 우물은 없어졌어도 그 이름은 여전히 현재진행형이다. 이유는 아마 '복福'이라는 글자의 힘 때문일 것이다. 2016년 연등회 때 서울 종로 거리 행렬에는 '복우물등'이 등장하기도 했다.

조선 중기 연일 정씨延日鄭氏가 이곳을 세거지(世居地, 일종의 집성촌)로 삼은 후 가문이 번창했다. 모두 안마당에 있는 복우물 덕분이라고 여겼다. 하지만 남한산성 인근의 마을인지라 병자란 같은 큰 난리는 우물의 복 정도로 피해 낼 수 없었다. 외척 관계인 남양 홍씨 후손들이 같이 동네를 지키면서 '복우물 마을 유래비'를 세웠다. 그리고 2005년에는 모양만 갖춰 놓고 쓸 수는 없는 우물을 만들기도 했다.

하지만 이 복우물의 원수源水이자 발원지인 감로천甘露泉을 가진 망경암望京庵조차 요즘은 상수도 물을 끌어 와야 할 만큼 주변과 땅 밑의 환경은 크게 달라졌다. 복우물이 지금까지 존재할지라도 거대화된 도회지를 감당할 순 없을 것이다.

사람이 모여 사는 동네를 시정市井이라고 불렀던 건 우물을 중심으로 마을을 이루며 살았기 때문이다. 사막의 오아시스 지역도 마찬가지다. 사찰도 그랬다. 어디건 사람 사는 곳은 물이 좋아야 한다. 육조 혜능(六祖慧能 638~713) 선사가 중국 남부 광동(廣東, 광둥)성 조계曹溪 인근에 선종 최초의 사찰을 만들 때 제일 먼저 한 일은 지팡이를 꽂아 샘물을 솟게 한 것이었다. 이른바 '진석탁지천振錫卓地泉'이다. 바닷물에도 이름을 부여하고 강물에도 이름을 달고 호수에도 이름을 짓듯이 우물과 샘에도 작명이 필요하다.

이왕이면 좋은 이름을 붙일 일이다. 그런데 예외도 있다. '도천(盜泉, 도둑 샘)'으로 불린 샘물이 그렇다. 공자 같은 성인도 이름 때문에 이 샘물 마시길 거부했다. 매우 목이 말랐지만 그냥 지나쳤다고 한다. 물맛이 원인은 아니었다. 도둑촌에 있는 샘이거나 산적들이 오가는 길목에 있거나 그것도 아니면 그 물을 마시게 되면 남의 것이라도 무조건 자기 손에 넣으려고 하는 도벽(盜癖)이 생길 수 있다고 여겼기 때문이리라.

'탐천(貪泉, 탐욕의 샘)'이라는 샘도 있다. 도천보다는 한 등급 아래다. 이름처럼 마시면 욕심이 자꾸 늘어나는 물이었다. 진晉의 청백리 오은지(吳隱之, ?~413)는 일부러 그 물을 마시고도 청렴함을 잃지 않았다고 한다. 그 후 샘은 '염천(廉泉, 청렴의 샘)'으로 불리었다. 동일한 샘물이지만 어떤 마음으로 누가 마시느냐에 따라 탐천이 되기도 하고, 염천이 되기도 하는 것이다.

복정(福井)처럼 복이 콸콸 쏟아질 것을 기대하는 '복(福)'이라는 글자는 매우 인기가 높았다. 중화요리집은 복이 쏟아지라고 글자를 거꾸로 붙여 놓을 정도다. '복천(福泉)'을 충북 보은 속리산에서 만났다. 등산객들은 목을 축인 후 복주머니에 복을 채우듯이 물통에 물을 담아 가곤 했다. 아예 주차장에 승용차 혹은 용달차를 세워 놓고 큰 통 몇 개를 실어 가기도 한다. 복이란 많을수록 좋은 것이기 때문이다.

조선의 선비들도 복천에 대한 기록을 빠뜨리지 않았다. 남몽뢰(南夢賚, 1620~1681)는 속리산을 다녀간 뒤 기행문인 「유속리산록(遊俗離山錄)」을 썼다. 여기에 "절벽에서 실처럼 면면이 끊이지 않는 물을 모으고 나무를 쪼개 수로를 만들고서 부엌의 나무통에 흐르게 했다."고 묘사했다. 함께 있던 자

중자中子이 '복천 물을 마셨으니 복을 받을 것'이라고 한 덕담도 덧붙여 기록했다. 복천이 얼마나 유명했던지 근처 암자 이름까지 복천암福泉庵이다. 『동국여지승람』이 그 사실을 기록한 복천은 아직도 건재하다.

하긴 우물과 샘물에 무슨 허물이 있겠는가? 그 물에 사람들의 욕심과 기대가 투영되다 보니 도천처럼 기피 대상도 되고, 없어진 복정처럼 아쉬움의 대상도 되고, 남아 있는 복천처럼 사랑을 받기도 하는 것 아니겠는가. 복우물은 이름만 남겼으나 복샘은 현재도 주어진 몫을 다하고 있다.

천 년 전 재앙이
오늘의 축복이 되다

제주도 토박이 스님과 함께 비양도가 가장 가깝게 보이는 찻집을 찾았다. 섬과 바다를 동시에 바라보며 마시는 커피에는 눈맛까지 더해진다. 배 시간에 맞춰 다시 돌아온 한림항 한쪽에는 비양도 선착장이란 이름을 따로 붙였다. 일행인 10여 명의 본섬 주민들도 4년 만에 가는 길이라고 한다. 물리적 거리는 얼마 되지 않지만 섬 속의 또 섬인지라 심리적 거리는 이미 다른 섬인 까닭이다. 본섬에서 보는 비양도는 분명 딴 섬이었다. 하지만 비양도에서 본섬을 바라보니 큰 개울(?)을 사이에 둔 한 섬이었다. 본섬을 향한 자리에만 옹기종기 마을 집이 모여 있다.

소규모 섬이지만 그 안에는 제법 널따란 연못도 있고 꽤 높다란 오름도 있다. 현무암 색깔은 유독 검다. 천 년 세월도 그 빛을 바래게 하기에는 모자라는 시간인가 보다. 용암으로 생긴 화산섬에 사람들이 이주하여 살 수 있으려면 얼마만큼 시간이 지나야 할까. 천불천탑千佛千塔을 쌓을 정도의 시간이면 충분할까. 마을회관에는 '큰 둥지로 날아온 천 년의 섬'이라는 글씨를 크게 새겼다. 큰 둥지는 본섬을 말하는 것이리라. 타고 왔던 배 이름도 '천년호'다. 마을 한복판에 '천년기념비'도 보인다. 고려 목종 5년(1002) 6월에 화산 폭발로 이 섬이 탄생했다. 2002년 천 년 생일을 기념한 것이다. 기록 이전의 시대에 만들어진 대부분의 국토와는 달리 지리서(『신증동국여지승람』 권38 「제주목 고적」)에 생성 기록이 남아 있는 유일한 국토다. '비양'을 연호로 사용한다면 올해(2021)가 1,019년째가 되는 셈이다.

마그마가 섬을 만들 정도로 치솟았다면 국가적 관심사가 될 수밖에 없다. 첫 분출 5년 뒤인 1007년 다시 용암이 바다에서 솟아오르자 태학박사 전공지(田拱之, ?~1014)가 파견되었다. 하지만 지진과 화산재 그리고 열기로 인하여 접근이 어려웠다. 겁에 질려 하나같이 동행을 꺼리는지라 할 수 없이 책임자인 당신 혼자 산 아래까지 접근하여 그 형상을 그려 서울로 보냈다고 한다. 당시 인문지리에 능통한 최고의 전문가가 부랴부랴 달려왔지만 조사를 마친 후 개인적 소감란에는 '매우 큰 변고'라고 기록했을 것 같다. 한동안 연기 때문에 태양이 가려졌을 것이고 땅속에서 밤낮으로 며칠 동안 불길이 치솟았으니 그 시절 세계관에 따라 일식 혹은 월식처럼 나라에 불길한 일이 일어날 징조라고 보고하지 않았을까.

천 년 전과 달리 화산으로 섬이 생기는 것은 새로운 국토가 늘어나는 상서로운 일이 되었다. 2016년 11월 태평양 오가사와라(小笠原) 제도 니시노시마(西之島)가 화산 폭발로 인하여 3년 전에 생긴 인근의 화산섬과 이어지면서 서울 여의도만 한 섬이 새로 만들어졌다고 외신은 전한다. 육지 면적이야 얼마 되지 않지만 그 주위로 섬 크기의 24배가 되는 영해가 생기고 덤으로 배타적 경제 수역까지 늘어나게 될 것이라는 전문가의 해설까지 더해졌다. 섬에 딸려 오는 바다 면적이 그 수십 배라는 것이다. 바다도 국토인 시대에 화산섬의 탄생은 국가적으로 큰 경사인 시대가 된 것이다.

도시 가까운 곳에서 화산이 폭발하는 것은 '폼페이 최후의 날'처럼 커다란 재앙이다. 옛 나라 발해도 백두산 화산 폭발로 인해 사라졌을 것이라고 지질학자들은 추측한다. 하지만 먼 바다에서 화산이 폭발하는 것은 국토가 늘어나는 좋은 일이 된다. 같은 화산이지만 지역과 시대에 따라 재앙 또는 축복으로 나누어지니 이것이 화산이 가진 두 얼굴이라고 할까.

가만히 물을 바라보는 재미

주왕산에서 열린 회의가 밤늦게 끝났는데도 새벽에 눈을 뜨는 습관대로 일어나 서둘러 주산지注山池로 향했다. 아침 안개 가득한 몽환적 풍광을 상상한 것은 나그네의 지나친 기대심인가. 긴 장마 끝의 아침 해는 수면에 반사되면서 더욱 찬란하게 반짝이고, 물이 그득한 호수는 무심하리만치 해맑다.

경북 청송의 깊은 산골짜기에 있는 평범한 작은 저수지이지만 많은 이를 찾게 만드는 매력은 물속에서 자란 왕버들 수십 그루가 연출하는 멋스러움 때문이다. 그 나무가 물가를 좋아하는 것은 사실이지만 그렇다고 해서 물속에서 사는 식물은 아니다. 어쩌다 보니 물에서 살게 되었고 할 수 없이 그 나름의 대책을 세우며 진화했다. 평소에는 잔뿌리인 호흡근呼

吸根을 활성화하고 가뭄 때 수위가 낮아져 밑동이 물 밖으로 드러나면 그동안 부족했던 것을 보충하는 기회로 한껏 활용했다. 이런 과정을 짧게는 수십 년, 많게는 수백 년간 각 나무의 나이테만큼 반복하며 살아남는 지혜를 터득한 것이다. 어쨌거나 맑은 물과 듬직한 나무가 서로 의지하면서 만들어 내는 귀하고 조화로운 광경은 멀리서 달려 온 수고로움과 지난밤 설친 잠으로 인한 피로감을 잊게 할 만큼 경이롭다.

　나무 못지않게 물이 주는 감흥도 작지 않다. 공자孔子도 물을 대할 때마다 "물이여! 물이여!(水哉 水哉)"를 반복하며 좋아했다고 한다. 조선 시대 화가 강희안(姜希顔, 1418~1464)이 그린 〈고사관수도高士觀水圖〉의 주인공처럼 가만히 물을 바라보는 재미도 쏠쏠하다. 물은 삶의 근원이긴 하지만 그렇다고 사람이 물속에서 살 수는 없다. 그럼에도 살고 있는 마을 주소에 물 이름을 붙인다면 명분으로나마 함께 사는 것이 된다. 그래서 아랫마을 행정명은 주산지'리里'다. 중국 장강(長江, 양쯔강)의 홍수를 조절할 수 있을 만큼 큰 규모인 동정(洞庭, 둥팅) 호수는 리里급이 아니라 호북(湖北, 후베이)성, 호남(湖南, 후난)성이라는 성省급 지명을 쌍으로 만들었다.

　우리나라 호남湖南이라는 지명도 저수지 이름에서 나왔다. 전북 익산 황등제黃登堤 남쪽이라는 의미라고 한다. 황등제는 이미 논으로 바뀌었고 지금은 명칭만 남았다. 일각에서는 호서湖西도 충북 제천 의림지 서쪽이라는 뜻이라고 했다. 모두 한국사 시험 문제로 빠지지 않을 만큼 역사성 있

강희언, 〈고사편수도〉, 국립중앙박물관 소장

는 곳이지만 동네 저수지를 읍면이 아니라 도 단위 이름으로 삼았다는 것은 누가 듣더라도 설득력이 떨어진다. 농사가 생산의 전부였던 부족국가 시대에 총력을 다해 만든 황등제, 의림지, 벽골제(김제), 눌제(정읍) 등을 포함한 크고 작은 모든 저수지를 합친 '가상적인 호湖'를 설정했을 수는 있겠다. 또 호수처럼 잔잔하게 흐르는 금강錦江의 특정 구역을 가리키는 옛 이름 호강湖江에서 비롯되었다는 설도 함께 구전되고 있다.

주산지는 300년 역사를 자랑한다. 1720년 8월에 착공하여 1721년 10월 완공했다는 사실을 기록한 공덕비는 1771년 조선 영조 때 세웠다. 축조한 주인공인 이진표李震杓 처사의 공로를 기리기 위해 후손인 월성 이씨와 임林씨, 조趙씨 가족이 함께 자리했다. 규모가 작은 비석이라 비용이 크게 들지도 않았을 것이다. 그럼에도 세 집안의 핏줄을 대표하는 명단을 올린 것은 당시 인근 집성촌 씨족들이 모두 힘을 합해야 할 만큼 저수지 만드는 일이 대역사大役事임을 기억하고 후세에 알리기 위함이다. 전면의 비문은 쉬운 한자로 16글자를 써서 꼭 해야 할 말만 간단하게 새겼다.

정성으로 둑을 막아 물을 가두어 만인에게 혜택을 베푸니,
그런 뜻을 오래도록 기리고자 한 조각 비석을 세운다.

一障貯水　　不忘千秋
流惠萬人　　惟一片碣

좋아하면 반드시 찾게 된다

경전을 읽다 보면 수많은 이상형 인물을 만나게 된다. 불가佛家에서는 보통 보살菩薩이라고 부른다. 숫자가 아무리 많아도 대중의 인기가 몰리는 스타 급은 열 손가락으로 꼽을 정도다. 개인적으로는 '지혜로움'이라는 이미지로 가득한 문수보살을 가장 좋아한다. 조선 시대 암행어사로 유명한 박문수(朴文秀, 1691~1756)를 비롯해서 많은 이가 자손들에게 문수라는 이름을 아낌없이 지어 줄 정도로 팬 층이 두껍다. '알면 좋아하게 되고, 좋아하면 반드시 찾게 된다(知之必好之 好之必求之)'고 했던가.

문수보살을 좋아하는 20여 명과 함께 가을의 길목인 2019년 9월 하순 중국 산서(山西, 산시)성에 있는 오대산五臺山 문수 성지를 찾았다. 신라의 자장 율사가 638년에 다녀간 곳이다. 그뿐만 아니라 북위北魏 시대부터 황제가 즉위하면 오대산을 순례하는 것이 관례가 되다시피 한 북방 지역의 대표적 성소이기도 하다. 오고 가는 시간을 제외하더라도 목적지에 도착한 후 산 이름처럼 다섯 봉우리만 한 바퀴 도는 것도 1박 2일이 소요될 만큼 먼 거리다. 게다가 해발 3,000미터를 웃도는 높이 때문에 날씨는 수시로 변덕을 부린다. 바람 혹은 눈비 때문에 예정된 순례 일정을 무사히 소화한다는 것 자체가 천운이 따라 줘야만 가능한 일이었다.

날씨가 황제라고 봐줄 리는 만무하다. 청나라 건륭제乾隆帝도 즉위하면서 왕실의 관례에 따라 오대산을 찾았다. 하지만 예기치 않은 폭설 때문에 순례를 결국 포기했다. 이듬해 다시 찾았으나 비바람 때문에 또 무위에 그쳤다. 3년 후 다시 올 테니 꼭 순례를 마칠 수 있도록 도력이 높은 스님께서 힘(?) 좀 써 달라는 청탁까지 남겼다. 천자天子의 청탁은 부탁이 아니라 어명이다. 인간의 힘으로 어찌해 볼 수 없는 날씨 때문에 고민이 깊어진 주름살 파인 노스님 앞에 천진난만한 동자승이 나타났다. 다섯 봉우리에 각각 머물고 있는 문수보살을 한자리에 모은다면 모든 문제를 일시에 해결할 수 있을 것이라는 아이디어를 내놓았다. 노스님은 옳거니 하고 무릎을 쳤다.

그런 스토리텔링을 안고 있는 오대산 입구의 대라정大螺頂은 글자 그대로 인산인해人山人海다. 암자의 작은 마당에는 건륭제가 직접 글을 썼다는 비석이 우뚝하다. 여기만 다녀가면 오대산 다섯 봉우리를 모두 순례한 것이나 다름없다는 황제의 보증서는 그 영험을 증명하고도 남을 만큼 당당하다. 하지만 현대인들은 황제도 걸어갔던 가파른 계단 길조차 마다한 채 리프트를 타고 올라와 다섯 문수보살을 한자리에 모신 오방문수전五方文殊殿을 참배하고 있었다.

나랏일을 하건 생업에 종사하건 이유는 다르지만 그때나 지금이나 정치인은 정치인대로, 평민은 평민대로 바쁘기는 마찬가지다. 역대 황제들도 갑자기 수도에서 온 급한 전갈을 받고 순례 도중 궁궐로 되돌아가는 일이 비일비재했을 것이다. 그런 일상의 분주함 속에서 성지 순례까지 마치려는 지혜로움을 동시에 읽을 수 있는 여행길이었다.

올라올 때는 말할 것도 없고 내려갈 때도 여느 관광객처럼 삭도索道를 이용했다. 2인용 리프트카에 앉아 멀리 오대산의 다섯 봉우리를 두 눈으로 조망했다. 눈길은 이내 자장 율사가 문수보살을 친견했다는 북대北臺 방향으로 향한다. 율사의 흔적 따라 북대에서 중대中臺로 내려오는 길에 있는 태화지太和池까지 걸어갔던 15년 전의 기억을 더듬었다. 그때는 두 발로 직접 다녀온 곳이다. 이제 내 일정도 세상 사람들만큼 덩달아 바빠졌나 보다.

영원한 '중심'은 없다

서울 지하철 불광역 인근 대로변에서 '양천리'라는 가로형 자연석 표지판을 만났다. 의주(현재 신의주)와 부산, 양쪽에서 모두 1,000리(양천리兩千里)가 되는 중간 지점이다. 물론 걷거나 말을 타고 이동하던 시절의 흔적을 2005년에 되살린 것이다. 그리고 경부고속도로가 완성되면서 중간 지점인 추풍령 휴게소에는 '서울 부산 중심점'이란 세로형 표지석을 만들어 세웠다. 안내판에 따르면 개통 당시 만든 표석이 눈에 띄지 않는 잡초 무성한 곳에 있는지라 준공 40년 후인 2010년 지금의 자리로 옮겼다고 한다. 자동차를 이용하여 장거리를 이동하는 시대가 열렸음을 상징하는 기념물이라 하겠다.

사실 먼 거리를 이동할 때 반¥이 주는 심리적 안도감은 결코 작지 않다. 왔던 길을 뒤돌아보면서 다시 남은 여정을 헤아리는 까닭이다.『시경』에서 "일백 리를 가는 사람은 90리를 절반으로 여긴다."라고 한 것도 심리적인 측면에서 거리를 헤아린 것이다. 그리고 중간이란 단순히 물리적인 의미의 가운데가 아니라 시발점과 종착지라는 양쪽을 동시에 아우르는 지점이기도 하다. 따라서 중간 표지석은 단순히 중간점을 기록한다는 그 이상의 의미를 지닌다.

어쨌거나 시작이 있으면 끝도 있기 마련이다. '땅끝마을'은 한반도 끝이라는 이유로 유명하다. 광화문 도로 원표元標를 기준으로 동쪽 끝은 이름 그대로 정동진正東津이다. 드라마〈모래시계〉방영 이후 더욱 인기를 끌면서 국민 관광지로 부각되었다. 따라 하기는 시대를 가리지 않는 모양이다. 자연스럽게 인천에서는 정서진正西津을 준비하고 전남 장흥에는 정남진正南津까지 등장했다. 그렇다면 한반도의 중앙은 어디일까? 강원도 양구군 남면은 종전 이름 대신 '국토정중앙면'으로 개명을 추진하면서 반도의 한가운데라는 배꼽 마을을 자처했다. 그러자 충북 충주에서 발끈했다. 이미 국토 중앙을 상징하는 7층 석탑인 중앙탑이 신라 때부터 전해 오기 때문이다. 하긴 역사적 장소성이란 하루아침에 만들어지지 않는 것은 분명한 사실이다.

중심에 원표를 세우기도 하지만 원표를 세우면서 중심이 되는 경우도 있다. ● 경남 합천 해인사 일주문 앞에도 도로 원표가 있다. 일제강점기에 제작한 높이 3미터, 너비 20센티미터쯤 되는 직사각형 돌기둥이다. 이 자리를 기점으로 동서남북에 위치한 합천·야로·김천·성주·진주·거창·고령·대구 등 인근 지역을 망라하여 당시의 거리 표기법인 ○리里 ○정町을 사용하여 표기한 근대 기록물이다. 광화문 네거리도 아닌 사찰 일주문 앞에 무슨 까닭으로 원표를 세웠을까? 차가 귀하던 시절 인근 지역에서 오가는 수많은 순례객을 위한 이정표라는 설명은 너무 피상적이다. 짐작하건대 영남 땅의 중심점이라는 '배꼽(단전丹田) 자리'를 표시한 것이 아닐까.

어쨌거나 동서남북은 자신이 서 있는 자리를 중심으로 설정하기 마련이다. 대구의 남산인 비슬산은 아예 '앞산'이라고 부른다. 경부고속도로 준공 이후 굽은 길에 대한 직선화 작업이 계속되면서 실질적 중간점도 약간 이동했다. 그리고 국토의 정중앙 역시 신라 땅의 넓이와 조선의 국토 면적이 달랐기 때문에 시대마다 바뀔 수밖에 없는 것이다.

물론 동서남북과 그 중심을 나눌 때는 분명히 나눠야겠지만 때로는 나누는 것이 무의미한 경우도 더러 있기 마련이다. 그래서 당나라 시인 백낙천(白樂天, 772~846)은 동서남북이란 늘 상대적인 것이며 또 서로 영향을 주

● 러시아 동시베리아 지역 남부에 자리한 투바 공화국(인구 30만 정도)의 수도인 키질에는 암각화로 유명한 예네세이 강이 흐른다. 이 강변에는 '아시아 중심탑'이 크게 에워져 있는데, 일본인들이 이 지역을 '중앙아시아'라고 명명한 데서 기인한 것으로 보인다.

고받는 관계이므로 지나치게 시각을 고정하지 말라고 당부했다.

　　동쪽 계곡물이 흐르니 서쪽 계곡의 물이 불어나고
　　남산에 구름이 일어나니 북산에는 비가 내리는구나.

　　東澗水流西澗水　　南山雲起北山雨

사찰에 카페와 갤러리를
덧입히다

제주공항에 도착하자마자 마중 나온 이의 손에 끌려 간 곳은 공항에서 멀지 않은 카페였다. 탁 트인 바다가 한눈에 들어오는 창 넓은 커피숍을 겸한 브런치 가게다. 이미 오래전부터 젊은이들 사이에 카페 투어가 유행할 만큼 제주도에는 특색 있는 카페가 많다. 이 꼰대 세대까지 그 대열에 끼어들었다. 그래서 이번 여행의 첫 번째 방문지는 카페가 된 것이다.

숙식할 휴가 사찰도 갤러리와 카페를 겸한 모습이다. 이른 아침 절 구석구석을 살폈다. 검은 벽돌과 현무암으로 마감한 미음(ㅁ) 자로 된 현대식 2층 건물이다. 세계적인 건축가인 일본의 안도 다다오安藤忠雄 풍의 햇빛과 바람 그리고 물이 함께하는 기본 스타일을 차용한 뒤 그 위에 검은 벽돌과 현무암으로 마감했다. 화산 지역이라는 지역적 특성을 건물에 충분히 반영한 것이다. 제주도 토박이 스님의 정체성을 그대로 입혔다고나 할까. 사찰에 갤러리와 카페를 덧입힌 게 아니라 갤러리와 카페 속으로 사찰을 밀어 넣었다는 표현이 더 옳을 것 같다.

건물 중심에 직사각형 연못이 중정中庭으로 자리를 잡았다. 수련과 수석 사이로 크고 작은 금붕어들이 여유롭게 떠다니고 있다. 천장 없는 하늘에는 가로세로로 금속 줄을 쳤다. 그 이유를 물었다. 왜가리가 성큼성큼 걸어 들어와서 금붕어를 줍듯이 마구 먹어 치웠다고 한다. 그런 일이 있으면 금붕어가 일주일 동안 바위틈에 숨어 모습을 드러내지 않았다. 생명을 위협당한 트라우마가 치유되는 데 최소한 일주일이 걸리는 셈이다. 바람 많은 제주도를 그대로 느끼기 위해 대문 없는 건물을 지향했더니 바람만 들어오는 것이 아니라 왜가리까지 들어왔다. 하는 수 없이 촘촘한 간격의 문살을 둔 육중한 나무 대문을 달았다. 집 안에 안정감이 더해졌고 심한 바람은 완화해 주는 효과가 덤으로 얻어졌다.

그런데 얼마 후 왜가리가 하늘에서 지붕 쪽으로 날아 들어왔다. 나름 머리를 굴린 것이다. 금붕어들이 혼비백산했다. 하는 수 없이 굵은 철사로 그물 천장을 만들었다. 어느 날 왜가리가 철사 그물에 걸려 버둥거리고 있었다. 안타까워 구조했다. 생포해 가까이에서 보니 생각보다 덩치가 엄청 컸다. 그놈을 앞에 두고서 일장 훈시를 한 다음 다시 날려 보냈다. 그 후로 연못 정원에는 완전한 평화가 찾아왔다.

새로 지은 사찰에는 왜가리 손님만 찾아오는 게 아니다. 제비도 날아와서 2층 처마에 집을 짓기 시작했다. 어미가 들어올 때마다 새끼들이 노란 주둥이를 벌린다. 그 와중에 과격하게 움직이다가 둥지 밖으로 떨어진 녀석은 주워서 둥지로 되올려 주는 일도 해야 한다. 제주도 진흙은 점성이 떨어지는지 어떤 때는 둥지가 통째로 바닥으로 떨어지기도 한단다. 제비똥을 받느라고 바닥에 골판지를 까는 건 기본이다. 그나마 청소 거리가 줄어들기 때문이다. 바람이 심하게 부는 날은 휘청거리면서도 힘들게 날갯짓하며 새끼를 위해 먹이를 찾으러 가는 어미 모습을 보면 짠한 생각이 들기도 한단다.

벽화처럼 새겨 놓은 '해인도海印圖' 문자 그림만이 이 집이 사찰임을 알려준다. 하지만 그것도 아는 사람만 알 수 있는 비밀 기호인지라 또 다른 다빈치 코드가 됐다. 입구에는 커다란 현무암 판석 덩어리를 세웠다. 글자 없이 그냥 입구를 알리는 선돌의 역할만 할 뿐이다. 안내문 없는 안내판인 셈이다. 장독대와 소대(燒臺, 태우는 곳) 입구 그리고 여기저기에 돌하르방이 다소곳하게 정원석처럼 서 있다.

1층은 살림집인 요사채였고, 2층은 법당과 객실이 자리 잡았다. 1·2층 회랑에는 필요할 때마다 설치할 수 있도록 간이 탁자와 의자를 준비해 뒀다. 잔디밭 가장자리에는 화산석으로 무릎 높이의 담장을 길게 둘러 차

밭과 경계를 지었다. 산책하다가 차나무의 새순을 씹는 재미도 괜찮다. 차밭 뒤로는 나지막한 긴 언덕이 안산案山 노릇을 하며 바람을 막아 준다. 언덕에 빽빽하게 자란 나무에 달린 가지와 나뭇잎은 연신 바람 지나가는 소리를 내면서 흔들린다. 그야말로 바람의 언덕이다. 코는 물론 가슴속까지 뻥 하니 뚫렸다. 육지에서 홍수 뉴스가 계속 들려온다. 여기는 바람이 비를 대신하는지 첫날부터 떠나는 날까지 잠시도 쉬지 않고 불어댄다.

대구에서 당일치기로 찾아온 도반과 함께 카페 투어에 나섰다. 인기 있는 카페는 이 사찰처럼 주차장, 카페 건물, 실외 정원 콘셉트가 기본이다. 유명 카페 인근에 있는 일행의 지인이 운영하는 살림집을 겸한 가죽 공방도 거의 카페 분위기다. 바다가 호수처럼 들어온 자리에 멀리 산이 보이는 장소를 오랫동안 찾았다고 했다. '입도入島 1주년 기념'으로 신랑이 그려 줬다는 인물화가 한쪽 벽면을 장식한다. 챙 넓은 모자에 선글라스 차림이다. 검은 안경 너머는 어떤 표정일지 궁금하다고 함께 간 '비바리'들이 질투 섞인 입방아를 찧는다. 안주인은 2주년이 지났는데 또 그려 주지 않는다는 농담으로 방문객들의 '썰렁한' 웃음을 유도했다.

어쨌거나 카페형 건물은 이제 대세가 됐다. 가정집과 공방 그리고 꽃집, 책방, 사무실은 말할 것도 없고 새로 짓는 사찰도 이 흐름에서 자유로울 수 없다. 대중의 취향이 완전히 바뀌었기 때문이다. 누룽지 죽으로 주인장과 연못 정원에서 아침을 먹었다. 일본 교토의 사찰 정원들은 오랜 역사를 지닌 아름다운 세계문화유산이긴 하지만 그 곁에서 아침을 먹을 수는 없을 것이다. 그런 점에서 우리에겐 이 정원이 최고라는 찬사를 연발했다. 마지막 날, 그 자리에서 차를 마시는데 연못 정원 위로 장맛비가 후드득후드득 쏟아지면서 장관을 연출했다. 떠나는 이를 위한 카페 사찰의 피날레 행사라고나 할까.

조선왕조 탯자리를 찾아가다

입구부터 경사가 가파르다. 시멘트로 포장된 바닥은 여름장마로 인하여 물을 잔뜩 머금었다. 게다가 군데군데 물이끼까지 끼어 미끈거린다. 자물쇠가 채워진 차단기 앞에서 몸을 돌리다가 바닥에 떨어진 고욤을 밟았다. 길가에는 군데군데 익지도 않고 떨어진 도토리도 보인다. 오전까지 세차게 내리던 비가 잠시 소강상태다. 오후에는 비 올 확률이 30퍼센트라는 일기예보를 믿고 길을 나섰다. 눅눅한 습기를 제외하고는 겹겹이 짙은 구름이 아예 해를 가려 주는지라 오히려 산행하기 더없이 좋은 조건이다. '옛길'이라는 표지판과 함께 계단 난간이 보였지만 경사도가 더 심한지라 신작로가 더 편할 것 같아 그냥 그대로 걸었다. 땀이 비 오듯 흐른다. 무릎이 불편한 도반은 길을 지그재그로 천천히 걸었다. 3킬로미터는 족히 될 터이니 체력을 잘 안배하라는 당부도 잊지 않았다.

포장길이 끝나면서 경사도 끝나고 이내 평평한 흙길이 나타났다. 옛길과 신작로가 합해지는 자리에서 잠시 땀을 식혔다. 주변을 둘러보니 듬성듬성 서 있는 황장목이라 불리는 궁궐용 소나무들이 비로소 눈에 들어온다. 경복궁 중수와 2013년 복원된 숭례문 대들보를 이 지역에서 공급했다고 한다.

다시 길을 따라 걸었다. 잠시 내리막인가 싶더니 이내 평평한 길이 이어지면서 갑자기 눈앞이 환해진다. 믿기지 않을 만큼 넓은 평지가 나타나면서 옅은 안개 속으로 멀리 홍살문이 보였다. 누가 봐도 범상치 않은 터에 재각과 비각 그리고 나지막한 무덤이 그림처럼 조화를 이루며 자리 잡고 있다. '아!' 하는 감탄사가 저절로 나온다. 태조 이성계의 5대조인 이양무(李陽茂, ?~1231) 장군의 무덤이다. 드디어 조선왕조의 탯자리에 도착한 것이다.

고려 말 이씨 집안은 부득이한 사정으로 전주에서 이곳 삼척으로 주거지를 옮겼다. 그 무렵 5대조 어른의 상(喪)을 당했고 묏자리를 찾아다녔다. 지나가던 스님이 "대지(大地)로다. 길지(吉地)로다. 왕손이 나올 곳이로다."라고 혼잣말을 하는 것을 우연히 멀리서 귀동냥으로 듣게 된다. 장례 후 몇 년 만에 다시 식솔들을 데리고 또 함경도로 옮겨 가야 했다. 자연히 묏자리는 잊혀질 수밖에 없다. 조선 건국 이후 조정에서는 뿌리 찾기 차원에서 그 자리를 찾고자 나섰다. 이미 몇몇 자리가 추천되었지만 여러 가지로 말이 분분한지라 결정을 미루어야만 했다.

1899년은 고종이 대한제국을 선포한 지 3년째 되던 해다. 조선왕조는 이미 내리막길로 접어들었다. 국호를 바꾼 뒤 시도한 갖가지 제도 개선은 구호에 그칠 뿐이었다. 지푸라기라도 잡는 심정으로 조상의 음덕에 기대고자 한 것인가? 『주자가례朱子家禮』에 따라 이성계 이전의 4대조까지 위패는 이미 종묘 영녕전에 모셔져 있다. 그럼에도 날로 쇠약해지는 국운을 상승시키는 비책을 찾은 것인가? 드디어 고종에 의해 이성계 5대 조부모 무덤의 위치 논란에 대한 종지부를 찍고서 성역화 작업이 이루어졌다. 준경묘濬慶墓, 영경묘永慶墓라고 왕릉에 준하는 이름을 부여했다. 그 과정을 기록하고 의궤까지 남겼다. 조선 개국 500년 만의 일이다.

모르긴 해도 계속 조선의 정치·경제·사회가 안정적으로 운영되었다면, 이 자리는 잡목과 풀 그리고 소나무만 무성한 채 그대로 잊혔을 것이다. 하지만 처방이 너무 늦었던 모양이다. 그로부터 11년 뒤 발복發福하기도 전에 조선왕조는 문을 닫았다. 그럼에도 준경묘와 영경묘는 왕릉급 지위를 부여받은 후 120여 년 동안 지역사회의 성지로 자리매김되었고 종친들과 주민들의 관심과 보호를 받으면서 오늘에 이르렀다. 조선왕릉이 유네스코 세계문화유산으로 등재될 때 '끼워넣기'를 시도하였으나 받아들여지지 않다는 아쉬움도 뒷담화로 들었다.

왕조의 기운이 서린 샘물이라는 안내문이 적힌 진응수眞應水를 들이킨 후 다음 목적지로 향했다. 부인 평창 이씨의 영경묘역이다. 가는 길에 재실까지 들렀다. 언덕길을 넘어가는 차 안에서 바라보는 재실은 미음(ㅁ) 자형 대형 건물이다. 관리인은 말할 것도 없고 두 무덤을 지키는 수호군까지 두었다니 이 정도 규모는 되어야 할 것 같다. 건물을 빙 둘러 가며 10여 개의 굴뚝을 사각형 나무로 만들고 덮개까지 씌웠다. 워낙 특이한 모습인지라 '왕의 굴뚝'이라고 즉석에서 이름을 붙였다.

다시 차로 이동하니 곧 '영경묘 200m'라고 쓰여진 표지판이 나타난다. 걸어서 재각과 비각을 지나 다시 100미터를 가니 무덤이 보인다. 경사지 끝부분에 매달려 있다시피 하다. 앞은 바로 절벽이다. 재각과 비각이 무덤과 거리를 둘 수밖에 없는 지형이다. 당연히 혈穴이 뭉친 자리라는 해설이 뒤따랐다. 준경묘에 올리고 남은 커피를 다시 영경묘 공양물로 올린 후 음복飮福 삼아 일행과 함께 나누어 마셨다. 당시에는 왕릉도 아니었을 텐데 부인 무덤을 이렇게 차를 타고 한참 이동해야 할 만큼 멀리 떨어진 곳에 조성한 이유도 궁금하다. 신랑 무덤은 터도 넓기만 하던데. 김해에 있는 가야국 김수로왕릉과 허황후릉도 거리가 만만찮지만 이렇게까지 멀지는 않더라고 함께 입을 모아 흉을 봤다.

여름 낮은 길다. 긴 오후 일정을 마쳐도 어둠은 저만치에서 멈춰 섰다. 늦게 사찰로 돌아왔다. 이틀 밤을 신세 진 이 절도 준경묘, 영경묘의 성

역화가 이루어진 1899년 그해에 조포사造泡寺로 지정되었다. 제사 때 두부를 만들어 올리는 역할을 부여받은 것이다. 지금도 지역에 따라 두부를 '조포'라고 부르기도 한다. 대한제국 천자의 은혜를 입은 절이기에 절 이름도 천은사天恩寺로 바뀌었다. 대한민국 시대에도 왕릉 제사상에 두부를 올리는 일은 사찰의 몫이다. 그렇게 역사는 이어진다. 왕릉의 원당願堂 주지로 부임한 지 10년 만에 두 왕릉에 인사를 마친 덕분에 마음의 빚을 조금이나마 덜게 되었다는 소감을 나눌 수 있었다.

「용비어천가」의 시작인 여섯 용의 첫 자리는 묘 주인공의 아들인 목조穆祖 이안사李安社로 시작된다. 그 명당 터를 잡고 장례를 주관한 공덕일 것이다.

> 해동 육룡六龍이 나시어 일마다 천복天福이니
> 옛 성인이 하신 일들과 부절符節을 맞춘 것처럼 꼭 맞으시니
> 뿌리 깊은 나무는 바람에 흔들리지 않고 꽃도 좋고 열매도 많으니
> 샘이 깊은 물은 가뭄에도 그치지 않고 냇물이 되어 바다에 이르니….

고사목 그루터기에서
사람 꽃이 피다

하얀 소나무를 곁에 두고 살고 있다. 언젠가 나무병원에서 수술을 받았는지 줄기에는 땜질 자국도 그대로 남았다. 태풍에 가지라도 부러지면 관공서에서 득달같이 달려와 그 상태를 살핀다. 그렇게 국가 지정 천연기념물인 '수송동 백송(천연기념물 제9호)'은 오랫동안 종로 조계사 경내를 지켰다. 여름 뙤약볕 아래 고군분투하면서 사막 같은 절 마당에 홀로 서 있는 모습을 볼 때마다 '여름 세한도歲寒圖'를 생각나게 한다. 겨울이 아니어도 사계절 내내 소나무의 지조가 무엇인지 알려준다고나 할까.

수송동(壽松洞, 소나무 동네) 혹은 송현(松峴, 소나무 고개)이라는 지명이 말해주듯 종로 지역도 소나무로 유명했던 모양이다. 지나친 도시화로 인해 인구 밀집 지역이 된지라 동네는 말할 것도 없고 고갯마루의 소나무마저 간 곳이 없다. 이름만 남은 것이 켕겼는지 근래에는 고층빌딩 앞에도 휜칠한 소나무를 더러 옮겨 심기도 한다. 불교중앙박물관 주변에도 10여 년 전에 이식한 여러 그루 소나무들이 본래 제자리인 양 늠름하다.

소나무 역시 종류도 많고 또 등급이 있기 마련이다. 궁궐 건축용 혹은 왕릉 주변을 지키는 금강송을 최고로 쳤다. 하지만 희귀성으로 말하자면 백송이 으뜸이다. 백송의 원산지는 중국 북서 지방이다. 따라서 조선 시대에는 북경(北京, 베이징)을 드나들 수 있는 실력자만이 만날 수 있는 나무였다. 소나무를 좋아하고 게다가 흰색을 선호하는 정서를 지닌 '백의민족'인지라 흰 소나무를 만난 순간 '필feel'이 꽂히면서 동시에 소유욕이 발동했을 것이다.

오래전에 북경을 방문했을 때 일이다. 공식 일정을 마치고 일행과 함께 관광을 겸해 인근 지역에 멀지 않은 계단사戒壇寺를 찾았다. 계태사戒台寺라고도 불렀던 곳이다. 당나라 때 창건한 이래 이름 그대로 모든 출가자의 입문식入門式을 치르는 유서 깊은 사찰이다. 북경을 중심으로 하북(河北, 허베이)성 지역의 모든 사찰의 수계식受戒式을 관장했다. 가람의 역사보다 더 시선을 끈 것은 1,300년 역사를 자랑하는 세계에서 가장 오래 묵었다는 백송인 구룡송九龍松이었다. 그뿐만이 아니다. 경내 여기저기 있는 몇백 년 된 백송은 명함도 못 내밀 정도였다. 더 놀란 것은 뒷산에 있는 나무 숲이 전부 백송으로 이루어졌다는 사실이다. 그야말로 입을 다물지 못할 만큼

의 문화 충격이었다. 애지중지하며 돌보고 있는 조계사 경내에 단 한 그루 뿐인 백송이 생각났기 때문이다.

백송은 이 지역에서 흔한 소나무였다. 명나라와 청나라 조야(朝野, 조정과 민간)에서는 별 비용을 들이지 않고도 조선의 사신과 귀빈에게 큰 생색을 낼 수 있는 선물 목록에 올랐다. 경쟁적으로 가져왔고 자랑삼아 심었다. 후손들은 "우리 집안은 이런 집안이오!" 하면서 뽐냈을 것이다. 하지만 기대와는 달리 그 나무는 기후와 토질이 달랐던 이 땅에는 잘 적응하지 못했다. 겨우 몇 군데만 살아남았다. 그래서 오늘날 국가의 보호를 받는 진짜 귀하신 몸이 되었다.

왕의 종친과 사대부들의 고상한 취향을 만족시킨 정원수 백송의 흔적을 찾아 북촌과 서촌을 거닐었다. 헌법재판소 경내에 있는 '재동 백송(천연기념물 제8호)'이 가장 압권이다. 다소 인위적이긴 하지만 그런대로 잘 가꾸어진 정원의 많은 나무들 속에서 거대한 브이(V) 자형 흰색 몸통과 기품 있는 자태가 주위를 압도하고도 남았다. 거의 신목神木의 반열에 들었다. 담장이 둘러쳐진 정문 앞에는 1인 시위자들이 매일같이 서 있지만 요즈음 코로나19 여파로 인하여 외부인 출입마저 금지된 지역인지라 백송은 그야말로 독야청청獨也靑靑, 아니 독야백백獨也白白이다. 결국 뜻하지 않게 저 혼자 잘난 소나무가 되었다.

반대로 '통의동 백송 터'는 현재 가장 핫hot한 장소다. 예전부터 주택가 골목에 있던 수백 년 묵은 백송은 지역민들의 사랑을 한몸에 받았다. 들리는 말에 의하면 재동 백송보다 훨씬 더 품위가 있었다고 한다. 그렇지만 1990년 태풍으로 인해 넘어지면서 밑둥만 남긴 채 고사했다. 이를 안타깝게 여긴 동네 주민들은 주변에 몇 그루의 후계목을 심었다. 하지만 이미 천연기념물 자격도 해지되었고 아는 사람만 물어서 찾아오는 잊힌 곳이 되었다.

얼마 전 그 곁에 '브릭웰(brickwell, 벽돌 우물)'이라는 애칭으로 불리는 건물이 완공되었다. 건축주는 밑둥만 남아 있는 백송 터 때문에 이 땅을 구입했다고 한다. 그리고 백송 터의 자취에 호응하는 이미지를 구현하는 건축을 원했다. 그 결과 건물 1층은 밑둥만 남은 백송은 물론, 거주민들과 조화를 이루면서 개구리 울음소리가 들리는 정원으로 만들었다. 그리고 누구나 마음대로 드나들 수 있는 열린 공간으로 꾸몄다. 비움으로 인하여 골목과 골목이 이어지는 광장 아닌 광장이 된 것이다.

이후 많은 사람들이 브릭웰과 백송 터가 어우러진 공간으로 줄지어 찾아왔다. 더불어 인스타그램과 페이스북의 사진 명소로 이름을 드날렸다. 밑둥만 남은 죽은 나무가 사람을 모으는 능력을 갖추고서 다시 살아난 셈이다. 사실 재동 백송처럼 사람들이 와서 봐주지 않는 나무라면 살아 있다고 해도 살아 있는 것이 아니다. 젊은이들이 자기 발로 찾아오게 만드는 그루터기라면 죽었다고 해도 죽은 게 아니다. 동네 한가운데 좁은 골목에 살던 오래된 백송이 수명을 다한 자리에 주민들이 다시 '새끼' 백송을 심었고 개념 있는 건축주의 지혜가 더해져 건물 안으로 공원을 끌어들이면서 이제는 모두가 행복한 곳으로 재탄생한 것이다.

어쨌거나 터도 자기 역사를 가진다. 변하지 않는 터가 어디에 있으랴. 왕실과 고관대작이 살던 서촌과 북촌의 백송 터는 세월이 흐르면서 학교에서 관공서로, 혹은 사찰로 바뀌었고 또 사옥과 여염집이 되었다. 그리고 머무는 사람도 계속 바뀌었다. 세 군데 백송은 수백 년 동안 그 터의 변화를 묵묵히 지켜보면서 오늘까지 그 자리를 지키는 터줏대감 노릇을 하고 있었다.

소소한 갈등은
호계삼소로 풀다

아침 일찍 3·1운동 100주년 관계자 모임에 참석하기 위해 머물고 있는 조계사 일주문을 나섰다. 1년 내내 수시로 7시 30분 조찬 모임을 가졌다. 불교·천도교·개신교 종교인 만남이 잦아질수록 서로를 배려하는 언어가 생활화되어 간다. 물론 가끔 가치관 차이로 눈에 보이지 않는 뼈 있는 농담이 오가기도 하지만. 겨울 추위로 옷깃을 여미고 마스크를 쓴 채 걸으니 눈썹에서 물기가 뚝 떨어진다. 종종걸음으로 출근하는 부지런한 도회인들 사이에 섞여 종로 길을 가로질렀다. 지난번 회의에서 사소한 일로 목소리를 돋우었던 일이 마음 한편에 켕긴 탓인지 청계천 다리를 건너다가 문득 오래전에 다녀온 호계虎溪가 생각났다. 거기에는 종교 화합의 원조인 동진

최북 (崔北), 〈호계삼소〉, 간송미술관 소장 (ⓒ 간송미술문화재단)

東晉 시대 혜원(慧遠, 334~416) 스님 이야기가 있기 때문이다.

스님은 강서(江西, 장시)성 여산(廬山, 루산) 동림사에서 '그림자는 산문 밖을 나가지 않고 발걸음은 속세에 물들이지 않겠다(影不出山 跡不入俗)'는 다짐으로 어귀에 있는 개울물을 철조망 삼아 30년 동안 스스로를 산에 가두었다. 어느 날 도연명(陶淵明, 유교)과 육수정(陸修靜, 도교)이 찾아왔다. 배웅하다가 대화 삼매에 빠져 마지노선인 개천을 넘어가는 줄도 몰랐다. 깜짝 놀란 것은 호랑이다. 집을 지키는 반려견처럼 주인이 산문 밖으로 나가자 큰 소리로 울었다. 아차! 하며 당신의 좌우명을 한순간 어긴 사실을 알고서 두 사람에게 말했더니 모두 손뼉을 치며 크게 웃었다. 이런 인연으로 그 계곡은 호계虎溪라는 이름을 얻게 되었다. 이후 '호계삼소(虎溪三笑, 호계에서 세 명이 함께 웃었다)'는 종교 화합을 상징하는 언어가 되었으며, 뒷날 문인 화가들의 그림 소재로 더러 등장하곤 했다.

동쪽 이웃 섬나라 역시 신도神道와 불교가 때로는 갈등하고 때로는 화합하면서 밀고 당기는 세월을 거쳤다. 특히 국가적 행사에는 가끔 자리를 함께했다. 그러던 중 신도가 주관하는 행사에 불교가 참여하면서 문제가 불거졌다. 주최 측에서 신도 행사이니 승복이 아니라 신관神官 복장으로 행사를 보좌해 달라는 전갈이 왔기 때문이다. 이 말을 전해 들은 도쿠온 쇼주(獨園承珠, 1815~1895) 선사는 "그렇게 할 터이니 앞으로 불교가 주관하는 국가 행사에는 당신들도 승복을 입고 삭발한 후 참석해 달라."는 역제안을 했다. 결국 없었던 일로 마무리되었다.

두 종교는 공존을 위한 묘책을 찾았다. 신사의 여러 신은 모두 석가모니가 일본 땅에 화현한 것이라는 신불습합설神佛習合說이 출현했다. 그리하여 '신사 속의 사찰, 사찰 속의 신사'가 자연스러운 문화로 정착했다. 도교와 불교의 다툼이 심했던 중원中原 지역 역시 많은 수업료를 지불한 후 노자화호설老子化胡說이 등장했다. 노자가 인도(胡)로 가서 석가모니로 태어났다는 설로 타협한 것이다.

호계의 지혜는 시대와 지역에 따라 항상 필요했다. 100년 전 한반도에서는 사상적 기반과 토양이 전혀 다른 불교·천도교·개신교가 함께 힘을 모아 1919년 3·1독립선언을 주도했다. 그 후계자들이 100년 후에 다시 모였고, 3·1운동 100주년 기념 사업을 하면서 사소한 갈등이 있을 때마다 호계삼소의 지혜로 풀었다. 그 결과 2019년 11월 19일 3·1운동 관계 자료를 망라한 8권 분량의 자료집 봉정식을 무사히 마치게 되었다. 12월 23일에는 기미독립선언서를 낭독했던 종로 태화관 터에서 세 종교인들의 정성을 모아 조성한 '3·1운동 100주년 기념비' 제막식을 가졌다. 호계삼소의 전통은 이렇게 면면히 이어지는 것이리라.

스님이 한순간 당신의 좌우명을 어긴 사실을 두 사람에게 말하자 모두 크게 웃었다.
이후 '호계삼소'는 종교 화합을 상징하는 언어가 되었다.

낡아가며 새로워지는 거문고

한가위 풍속도까지 바꾼 코로나19는 '민족대이동'이라고 불리는 혈연·지연의 견고한 문화마저 바뀔 수 있다는 가능성을 보여 주었다. 수천 년 동안 추석이라는 이름 아래 미풍양속으로 당연히 감수했던 명절 스트레스를 줄일 수 있다는 사회적 합의를 경험한 까닭이다.

신라 때 경주 낭산狼山에서 활동했던 가난한 음악가 백결(百結, 한 벌 옷을 백 번 기워 입었다는 뜻) 선생도 명절이 엄청 괴로웠을 것이다. 끼니를 해결할 쌀조차도 제대로 없는 살림살이인데, 명절이라고 따로 떡을 만든다는 것이 가당키나 했겠는가. 가장은 상심한 부인을 위해 거문고(琴)로 방아 찧는 소리를 연주하며 정성껏 위로했다. 별다른 경제적 출혈 없이 생색을 낼 수 있었다. 부인이 그 소리만으로 만족했는지는 알 수 없지만 '방아타령'이라는 명곡은 영원히 남았다. 명절 가난이라는 위기가 또 다른 창작의 기회를 제공한 것이다.

고향 친구들과 모여 왁자지껄하게 회포도 풀 수 없게 역병이 창궐하는 추석에는 혼자 방에서 갖가지 음원을 통해 거문고 연주 소리를 들으면서 '지음知音'으로 우정을 대치하는 방법도 있겠다. 제자백가서 『열자列子』에 나오는 두 친구가 그랬다. 백아伯牙가 생각을 높은 산에 두고서 거문고를 연주하면 종자기鍾子期는 듣고서 "태산과 같음이여!"라는 추임새를 넣었고, 물을 염두에 두고 거문고를 타면 "황하와 양자강 같을시고!"라고 하며 무릎장단을 보탰다. 이처럼 백아가 생각하는 바를 종자기는 반드시 알아들었다. 종자기가 죽자 백아는 거문고 줄을 끊고(絶絃) 다시는 연주하지 않았다고 한다. 이후 '지음'과 '백아절현伯牙絶絃'은 우정을 상징하는 표현으로 바뀌었다. 만약 지금 둘이 다시 만나 거문고를 연주하고 추임새를 넣고자 한다면 "종자기는 반드시 마스크를 착용해 주시기 바랍니다."라고 중앙재난안전대책본부에서 친절한 안내 문자를 보내 올 것이다.

엄숙한 조선의 선비들도 음악에 대한 이해는 반드시 갖추어야 할 교양이었다. 경북 예천 남야南野 종택에는 '자명금(自鳴琴, 나라와 집안에 어려운 일이 있을 때마다 스스로 울리는 거문고)'이라고 불리는 거문고가 가보로 전해 왔다고 한다. 박정시(朴廷蓍, 1601~1672)는 벼슬에서 물러날 때 책 한 권과 이 거문고 한 개만 챙겨서 귀향했다. 청렴결백했던 그도 거문고는 포기할 수 없었다. 어찌 보면 500년 전의 '부분 명품족'이 누린 유일한 사치였던 것이다. 서재에 거문고를 두고서 독서하다가 쉬는 틈을 이용하여 연주하곤 했다. 혹사당한 눈은 쉬게 하는 대신 놀고 있던 귀를 열고서 손가락을 마디마디 움직이는 이완을 통해 긴장감을 해소하는 나름의 휴식법이라 하겠다.

경북 청도 화양 탁영濯纓 종택에는 탁영금(보물 제957호)이 전해 온다. 김일손(金馹孫, 1464~1498)이 1490년 제작한 것으로, 국내에 현존하는 가장 오래된 거문고라고 하겠다. 원재료는 오동나무로 제작된, 이미 100년 넘은 낡은 문짝이었다. 문을 새로 교체하면서 버려지는 것을 얻어 와 거문고를 만들었다. 문비금(門扉琴, 문짝 거문고)이라 이름을 붙이고는 "거문고는 내 마음을 단속하는 것이다. 걸어 두고 소중히 여기는 것은 소리 때문만이 아니로다."라는 의미까지 부여한 글을 남겼다. 오동나무 판대기가 문門의 역할을 마치고 다시 거문고의 몸체로 바뀐 것이다.

절집에도 거문고는 빠지지 않았다. 충남 예산 수덕사에 전해 오는 만공(滿空, 1871~1946) 선사가 소장했던 거문고는 고종 임금의 아들인 의친왕이 준 선물이라고 한다. 바탕에 '공민왕금恭愍王琴'이라는 글씨가 새겨져 있긴 했으나 지방문화재 지정(충청남도 문화재자료 제192호)으로 만족해야 했다. 추정컨대 전문가들로부터 진짜 고려금高麗琴으로 인정받진 못한 모양이다. 고려 진품이라면 당연히 국보감이다. 하지만 현대 소설가의 영감을 자극하면서 장편소설 탄생의 실마리를 제공했다. 최인호 작가의 『길 없는 길』은 이 거문고의 비밀에 대한 상상으로 시작되기 때문이다. 이처럼 거문고는 가사를 짓고 소설을 만드는 마르지 않는 문학적 샘물 역할도 마다하지 않았다.

경자년(2020)의 추석 풍습만 변하는 것이 아니라 가야금의 이름도 이미 오래전에 바뀌었다. 우륵于勒의 고향이자 대가야국 도읍지였던 경북 고령에서는 '가야금'이라고 불렀지만 가야가 신라에 병합된 이후 그의 주 활동 무대가 충북 충주 탄금대로 옮겨 가면서 '신라금'이 된다. 그리고 이 '신라금'이라는 이름으로 일본 나라(奈良)에 소재한 동대사(東大寺, 도다이지) 정창원(正倉院, 쇼쇼인)에 몇 점이 보관되어 있다고 한다. 현재 가장 오래된 가야금인 셈이다.

지금이야 가야금과 거문고는 일목요연한 도표를 만들어 서로 차이점을 열거하면서 분명하게 경계를 두고 나누고 있지만 한자 사전의 '금琴' 자는 '거문고'를 뜻하는 '금' 자다. 두 악기 역시 세월이 흐르면서 자기 개량을 게을리하지 않았고 지역과 성별에 따라 악기에 대한 선호도가 달라졌지만, 예전에는 크게 구별하거나 나누지도 않았던 모양이다. '강남에서는 귤, 강북에서는 탱자'라고 한 것처럼 지역과 사람에 따른 자연스런 변화가 뒤따랐을 뿐이다. 어쨌거나 모든 것은 바뀐다는 그 사실 하나만 바뀌지 않을 뿐 모든 것은 변해 가기 마련이라는 것도 '금琴' 자가 알려주고 있다.

가능한 한 이동 금지를 권고한 추석 연휴인지라 지인이 두고 간 국악 시평집을 읽으면서 시간을 보냈다. 덤으로 오가는 길에 탄금대와 가얏고 마을을 찾았다. 이게 책 한 권이 주는 힘이다. 가얏고마을 입구의 넓은 공 터에 진열된, 어림짐작으로도 몇백 개는 될 법한 전시용 오동나무 판은 또 다른 볼거리다. 남한강 절벽 위의 탄금대 표지석 앞에서 유장하게 흐르는 강물을 바라보며 소리 없는 소리를 들었다. 아, 그렇지! 서산西山 대사로 불 리는 청허 휴정(淸虛休靜, 1520~1604) 선사도 거문고를 좋아하여 「청허가淸虛 歌」를 남기셨구나.

거문고를 안고 소나무에 기댔더니
소나무는 변치 않는 마음이로다.
노래를 부르며 푸른 물가에 앉으니
푸른 물은 청허의 빈 마음이구나.

君抱琴兮倚長松　長松兮不改心
我長歌兮坐綠水　綠水兮淸虛心

장의심승, 서울에서
제일가는 풍광

새해가 오면 통과의례라는 것을 치른다. 그런데 한 해가 바뀌는데도 아무런 통과 절차도 없이 새해를 맞이했다. 종로 보신각의 제야 종소리도 울리지 않았고 지역 명소에서 열리던 해넘이·해맞이 행사도 없었다. 그냥 시계와 달력만 한 해가 바뀌었노라고 숫자로 표시해 줄 뿐이다. 전염병 창궐로 인하여 송구영신의 통과의례조차 생략해야 하는 시절인 까닭이다.

이동조차 여의치 않은지라 도반과 함께 동네 안에서 첫 순례 답사를 하며 새해 통과의례를 치렀다. 서울에서 가장 오래 되었다는 서울 종로구 신영동의 장의사 옛터에 있는 당간지주(보물 제235호)를 찾은 것이다. 공공건물 앞에 있는 국기 혹은 단체기 게양대처럼 절 입구에 사찰임을 알리는 깃

발을 달았던 간단한 구조물이다. 깃대는 없어지고 돌 기둥 두 개가 마주보는 지지대만 남았다. 소품이지만 사찰의 홍망성쇠와 함께 그 자리를 꿋꿋하게 1,500년 동안 지켰다. 디자인이 단순할수록 견고하고 아름답다는 사실을 당간지주가 다시금 증명해 준다.

세검정초등학교 교문은 굳게 잠겨 있다. 담장을 따라 한 바퀴 돌았지만 후문도 마찬가지다. 코로나19가 시작할 때부터 닫았다는 안내문이 붙어 있다. 군사 시설처럼 단단히 봉쇄해 놓고는 인기척조차 없다. 할 수 없이 담장의 빈 틈새를 이용하여 당간지주를 멀리서 봐야 했다. 맹추위 속에서도 운동장 한 켠에 당당하게 서 있다. 사찰 자리가 학교 부지로 바뀐 것이 일제강점기 시대 이후라고 하니 벌써 100년의 세월이 흘렀다. 당간지주는 학교 운동장에서 새해맞이를 100번 반복한 것이다.

조선 시대 임진란·병자란 이후에는 군영軍營이었던 곳이다. 한양을 수비하고 북한산성을 관할하는 총융청摠戎廳이 설치되었다. 삼각산과 인왕산이 만나는 험준한 지형에 계곡이 좁고 굴곡이 심해 도성 방어를 위한 군사요충지로 적격이기 때문이다. 그 역사가 또 300여 년이다. 당간지주는 군 부대 안에서 300번 새해맞이를 거듭했다. 군영을 새로 만들었다는 의미가 담긴 동네 이름 신영동新營洞에 오늘까지 그 흔적을 남겼다.

사실 절을 처음 지을 때도 군사적 목적과 무관하지 않았다. 장의사(藏義寺, 莊義寺)는 659년 신라 태종 무열왕 때 창건되었다. 백제와 신라가 한강 지역을 두고 각축전을 벌일 무렵이다. 당나라에 군사를 요청했지만 답신이 없었다. 이제나저제나 하고 근심하고 있을 때 황산벌에서 전사한 장춘長春과 파랑罷郞이 꿈에 나타나 당군의 원병이 파견된 사실을 미리 알려주었다. 감사의 뜻과 함께 이들의 명복을 빌기 위해 장의사를 창건했다고 『삼국사기』는 기록했다. 출발부터 다분히 군사적이다. 따라서 당간지주는 군영이 낯선 것도 아닐 것이다.

공식적으로 폐사가 된 것은 연산군(재위 1494~1506) 때다. 조선 초까지는 많은 스님네들이 머물 수 있는 규모를 유지했다. 하지만 궁궐과 가깝고 경치가 좋은 곳인지라 임금까지 탐을 냈다. 1504년에 "절을 비우라."는 어명이 떨어졌다. 이궁(離宮, 별장 용도의 궁궐)이 설치되고 연회를 베풀면서 결국 왕의 놀이터가 되었다. 황금색 건물에 청기와를 올린 탕춘대(蕩春臺, 봄을 즐긴다는 의미)라는 화려한 누각도 들어섰다. 천년 절집은 졸지에 아름다운 꽃과 수려한 나무들로 꾸며지면서 홍청망청한 '비밀의 정원'으로 바뀌었고 더불어 당간지주는 정원을 장식하는 석조 조경물 노릇을 해야 했다. "오래 살다 보니 별꼴을 다 보는구나." 하고 장탄식을 하며 새해맞이를 했던 세월일 것이다.

조선이 개국하면서 종이 만드는 장인들이 사찰에서 동거했다. 삼각산 여러 골짜기의 시냇물이 모이는 자리인지라 항상 수량이 풍부하여 한지 제조에 최적의 조건을 갖추었기 때문이다. 조선왕조 초기에 설치했던 조지소造紙所는 이내 조지서造紙署로 확장되었다. 조정에서 필요로 하는 종이 생산을 전담했다. 『조선왕조실록』 등 '기록 문화의 대국'답게 사찰로서의 기능보다는 종이 만드는 역할을 더욱 요구했다. 종이 장인들 가운데 포함된 스님들의 숫자도 만만찮았다. 한지를 뜨고 먹물로 인쇄하고 노끈으로 책을 묶던 광경은 사찰만 있던 시절에도 늘 하던 일이었다. 그런 익숙함 속에서 당간지주는 새해맞이를 했을 것이다. 사찰과 조지서가 공존해도 문제가 없을 만큼 면적은 드넓었다.

물이 많다는 것은 경치가 뛰어나다는 뜻이다. "성 밖에 놀 만한 곳으로 장의사 앞 시내가 가장 아름답다. … 물이 맑고 돌은 희어 신선 세계와 같아 놀러 오는 선비들이 끊어지지 않았다."(성현, 『용재총화』)고 했다. 조선 9대 왕 성종의 형이며 시인으로 중국까지 이름을 떨친 월산대군(月山大君, 1455~1489)의 주변에는 많은 문인들이 몰려들었다. 어느 날 머리를 맞대고서 한양의 가장 아름다운 풍경을 열 개를 골랐다. 그리고 10수의 시를 짓고는 '한도십영漢都十詠'이라는 큰 제목을 달았다.

제1경은 '장의심승(藏義尋僧, 장의사로 스님을 찾아가다)'이다. 해 질 무렵 장의사로 돌아오는 스님들의 모습을 제1경으로 꼽았던 것이다. 동시에 선비들이 장의사를 찾는 일도 그 속에 포함시켰다. 전공이 다른 이를 만나야 사물을 보는 관점도 바뀌고 각도를 달리해야 배울 것이 있기 때문이다. 그것은 단순히 인사치례로 오가는 통과의례가 아니라 학문을 논하고 '도道'를

묻는 자리였던 것이다. 강희맹(姜希孟, 1424~1483)은 글을 읽으러 갔고, 서거
정(徐居正, 1420~1488)은 새벽 종소리에 깨달음을 기대했으며, 이승소(李承召, 1422~1484)는 '문수삼삼(文殊三三, 『벽암록』 35칙 참고)' 화두를 질문할 만큼 명상 수
행자로써 전문가에 버금가는 면모를 과시했다. 이러한 모습 자체가 제일
가는 풍광인 것이다. 명산의 명인은 그 자체로 빛나기 마련이다. 사람이 꽃
보다 더 아름다운 법이기 때문이다.

> "내가 예전에 스님을 한번 찾아가서, 밤 깊은 달빛 아래에서 조용
> 히 대화를 나누었네. 새벽 종소리에 깊은 깨달음을 바랐으나….
> (我昔尋僧一歸去 夜蘭明月共軟語 晚鍾一聲發深省, 서거정)"

> "한가한 틈을 타서 성문을 나와 스님을 찾아가서, 전삼삼 후삼삼
> 화두를 물어봤네.(乘閑出郭尋僧去 試問前三後三語, 이승소)"

> "흰 머리카락으로 와서 보니 내가 예전에 왔던 곳, 젊어서 글을 읽
> 었던 광산이 여기 아닌가?(白首歸來訪吾會 知是匡山讀書處, 강희맹)"

도화살桃花煞이라고 했던가? 모두가 좋아하는 매력을 가진 사람을 흔히
'도화살이 있다'고 말한다. 도화살은 사람에게 국한되지 않는다. 터도 도화
살이 있다. 세검정초등학교에서 만인이 좋아하는 터는 이런 곳일 거라는

169

생각을 했다. 학교 축대에 벽화처럼 붙여 놓은 사찰, 궁궐 별장, 군부대, 종이 공장, 학교 등 옛터를 알려주는 여러 가지 표식들이 그것을 말해 준다. 시작부터 지금까지 변함없이 그 자리를 지킨 당간지주는 이제 마스크를 벗어도 된다는 통과의례를 마친 어린이들이 재잘거리는 소리가 들릴 날만 기다리고 있을 터이다.

'갑'절이 있으면
'을'절도 있다

전남 보성에 있는 봉갑사鳳甲寺를 찾았다. 이 절은 영광 불갑사佛甲寺, 해남 도갑사道甲寺를 포함해 '호남삼갑'으로 불리길 원했다. '갑'은 '으뜸'과 '최초'라는 의미다. 불갑사는 백제 최초의 사찰이다. 인도의 승려 마라난타가 384년 법성포에 도착해 지은 절이다. 도갑사는 풍수지리의 대가인 도선(道詵, 827~898) 국사가 창건한 절이다. 전국의 많은 절들이 도선과 인연이 있지만 그 가운데 국사의 고향으로 알려진 이 동네 절이 으뜸인 까닭에 '갑'자가 붙었을 것이다. 두 절은 지금도 사세가 만만찮고 관광지로 잘 알려진 사찰이지만 봉갑사는 그렇지 못하다. 그도 그럴 것이 오래전에 절은 없어지고 터만 남아 잊혔기 때문이다.

큰 폐사지 근처에는 오두막 같은 작은 절이 한 채씩 있기 마련이다. 절 주인은 폐사지가 주는 허허로움이 좋아 잠깐 들렀다가 '필feel'이 꽂혀 그 자리에 주저앉은 경우가 대부분이다. 절은 없어져도 그 명당 터는 남기 마련이다. 커다란 고목에 매달린 작은 매미처럼 존재감은 없지만 그래도 '노 프라블럼'이다. 어차피 터가 좋아서 머무는 까닭에 볼품없는 집이 문제 될 리 없다. 봉갑사 G스님은 15년 전에 이 자리로 왔다. 이름만 전하는 절 터에 고찰의 흔적이란 아무것도 없었다. 여기저기 손보고 땀 흘린 덕분에 이제는 제법 규모를 갖춘 절이 됐다. 후발주자는 따라하기가 제일 쉬운 홍보 방법이다. '호남삼갑 봉갑사'가 이 절의 카피였다.

하지만 '삼갑'이란 말조차 용납하지 않는 독보적인 '갑'을 명칭으로 삼은 절도 있다. 바로 충남 공주 계룡산의 '갑사甲寺'다. 갑 앞에 어떤 수식어도 거절한 채 '슈퍼 갑'임을 만천하에 알린 갑사의 스님들은 힘이 엄청 셌다고 한다. "갑사에 가서 힘자랑하지 말라."는 지역 속담이 전할 정도다. 임진란 때 의병장으로 활약한 기허 영규(騎虛靈圭, ?~1592) 대사도 갑사 출신이다. 남아 있는 초상화를 보면 거의 승복을 입은 장군 모습이다.

'갑'절이 있으면 '을'절도 있을 터. 삼존불의 초기 형태인 태안 마애삼존불은 태을암太乙庵에 소재하고 있다. 울산의 은을암隱乙庵에는 신라 박제상의 부인이 새(乙)가 되어 숨었다는 바위가 있다. 이처럼 '을'에는 갑을의 '을'이라는 의미가 전혀 없다. 사실 갑절이라는 이름도 사상적·이념적 명

172

칭에 불과할 뿐 갑을 관계에서 나온 것이 아니다.

천간天干 혹은 십간十干의 첫 글자인 갑에는 '제일'이라는 경외감까지 스며들었다. 옛사람들은 소중한 자녀를 갑돌이, 갑순이로 불렀고 '아무개'를 '모갑某甲'으로 쓰던 시절도 있었다. 농경 시대 큰 부자를 의미하는 갑부甲富라는 말 속에는 수전노라는 의미도 있지만 이웃에게 베푸는 착한 부자라는 뜻도 있다.

오래전 일이다. 제법 넓은 동네 개울에 시멘트 다리를 놓아야 했다. 인근 대도시로 나가서 나름 성공한 고향 사람에게 도움을 청했다. 하지만 쌀쌀맞게 거절당했다. 고만고만한 사람들끼리 십시일반 모아 겨우 얼기설기 다리를 완성했다. 몇 년 후 성공한 고향 사람 집안에서 부고를 냈다. 장례식을 마칠 무렵 동네 청년들이 몰려나와 선산으로 가려는 운구를 이 다리에서 막았다. 전날의 허물을 진심으로 참회한 후에야 상주는 다리를 건널 수 있었다.

갑의 지나친 행위로 '갑질'이란 부정적 표현이 널리 쓰인다. 하지만 갑과 을은 항상 고정된 것이 아니다. 상황에 따라 갑이 을이 되기도, 을이 갑이 될 수도 있는 것이 세상 이치다. 돌아오는 길에 봉갑사가 이름 그대로 삼남三南 지역에서 곧 봉황처럼 훌륭한 갑절이 될 것이라는 덕담을 잊지 않았다.

한문·몽골어·만주어로
동시 기록된 글로벌 비석

일요일인지라 서울 시내 도로가 휑하다. 덕분에 약속 시간보다 일찍 목적
지에 도착했다. 여유 시간만큼 잠실 석촌호수 둘레길을 걸었다. 어르신은
건강 때문에, 젊은이는 다이어트를 위해 걷는다. 필자는 시간이 남아 걷는
다. 같이 걷고 있지만 걷는 이유는 각기 다르다. '태극기 세대'는 긴 의자에
몸을 기댄 채 잠시 휴식을 취하며 정치 이야기를 나누고, 맞은편 놀이공원
에서는 기계음과 함께 자지러지는 소리가 합해지면서 또 다른 조화음을
만들어 낸다. 왁자지껄한 경상도 사투리 한 팀이 지나가더니 이내 젊은 새
댁과 어린 딸이 눈을 맞추며 일본말로 조곤조곤 대화를 나누며 걸어간다.
뒷모습은 한국의 여느 모녀와 다를 바 없다. 심심찮게 서양인도 걷고 있고

게다가 승복까지 끼어들었다. 두 대의 유모차가 지나가는데 한 대는 아이가 타고 한 대는 비었다. 반려견이 같이 걷고 있는 것을 보니 '개 유모차'가 아닌지 모르겠다. 이런 다양성이 조화를 이루면서 호숫가의 새로운 길거리 문화로 진화 중이다.

본래는 호수가 아니었던 곳이다. 한강 본류인 송파강과 지류인 신천강은 1925년 을축년 대홍수로 물길이 바뀌었다. 지류는 본류가 되고 본류는 지류가 된 것이다. 지류에는 이내 퇴적물이 쌓이면서 물의 흐름은 더 느려졌고 1970년대 들어 강의 일부를 인위적으로 매립하면서 강은 호수로 바뀌었다. 강남 시대가 열리며 대로가 뚫렸고 호수 가운데로 다리가 생기면서 호수마저 동서로 나뉘었다. 물에는 유유히 오리배가 다니고 교각 위로는 줄지은 차들의 행렬이 바쁘게 지나간다. 이런저런 주변 풍광에 취해 있는데 호주머니 안에서 전화벨이 요란하게 울린다. 약속 시간인데 어디냐고 묻는다. 이런! 너무 멀리 와버렸군. 땀나게 반대편을 향해 급히 걸었다.

본업을 마친 뒤 다시 잰걸음으로 삼전도비三田渡碑를 찾았다. 450여 년 전 당시 청나라 황제 공덕비는 비석의 규모도 만만찮고 돌의 품질도 최고급이었을 것이다. 게다가 거북 받침은 두 개다. 한 개는 홈만 파여 있을 뿐 등짝은 비어 있다. 황제의 공덕을 찬탄하는 비석을 올리기에 너무 작다고 퇴짜를 맞은 증거물이라고 구전은 전한다. 하지만 몇백 년의 세월이 흐르니 주변의 빌딩 숲에 가려 "큰 강가에 우뚝한 돌 비석을 세우니(有石巍然大江之頭)"

라는 비문의 마지막 구절이 무색할 만큼 왜소해졌다. 비석보다 백 배 이상 높은 길 건너편의 123타워에 대한 수식어로 더 어울리는 문장이 됐다.

삼전도비는 1636년 병자란 때 남한산성에서 조선이 패전하고 항복한 것에 대한 기록이다. 승자가 알아서 기록하면 될 일을 굳이 패자의 손을 빌려 기록하게 했다. 침략자의 대륙적 배포와 관대함 그리고 은혜를 찬탄하는 것이 비문의 기본 골격이다. 문장가들은 두고두고 오명을 뒤집어쓰는 것보다 잠시 비겁한 게 낫다는 계산 아래 서로 손사래를 쳤다. 현존 비문도 지은 이의 의지가 아니라 '우리 임금의 분부를 받자와' 할 수 없이 쓴 비자발적 글이라는 상투적 형식을 빌려 면피하고자 했다. 명필 역시 이 글씨를 마지막으로 다시는 붓을 잡지 않았다고 야사는 전한다. 약소국의 힘없는 석수장이와 문인 그리고 명필의 침묵시위가 알게 모르게 서려 있는 유적인 셈이다.

비석 역시 뒷날 땅에 묻히기도 하고 한강 물에 던져지고 혹은 스프레이로 화풀이를 당하기도 했지만 용케도 큰 훼손 없이 오늘까지 건재하다. 우여곡절 끝에 고증을 거쳐 이 자리를 차지했고 철골 기둥과 캐노피 지붕까지 덧씌워진 국가 문화재가 됐다. 조선도 청淸도 이미 없어진 나라이며 '굴욕의 역사도 역사'라는 심리적 여유도 한몫했으리라. 한문·만주어·몽골어로 동시 기록된 글로벌 비석이지만 한글이 없는 관계로 (가끔 사극이나 소설로 환기되긴 하지만) 우리에겐 이미 잊힌 과거사가 되었다. 석촌호수가 예전에는 한강이었다는 사실을 까맣게 잊은 것처럼.

같은 강물도 지역에 따라
이름을 달리하네

싸아한 가을 기운을 코끝으로 맡으며 신발 끈을 조였다. 지난번 북한산 계곡길을 따라 서울 종로구 세검정에서 서대문구 홍은동 옥천암까지 시나브로 걸었다. 이번에는 옥천암에서 홍제교까지 주변을 살피며 천천히 걸어야겠다고 마음먹었다.

노랗게 익어 가는 열매를 가득 달고 있는 감나무 몇 그루의 배웅을 받으면서 계곡길로 들어섰다. 산 언저리에서 흘러내린 바위 끝자락을 따라 설치된 나무 데크 길의 부드러운 촉감이 한동안 발끝에 감기는가 했더니 이내 시멘트 길로 대치된다. 눈의 방향을 저 멀리 향하면 개울 건너 저편 산 아래 크고 잘 지어진 새 집들이 차고도 넘친다. 개발의 틈바구니 속에서 용케 살아남은 낡고 자그마한 옛집이 주는 포근함에 따스한 정감이 전해진다. 그 집의 담장을 타고 아래로 드리운 수세미 넝쿨과 함께 화분에 심긴 파와 갖가지 채소들이 채마밭 노릇을 하고 있다.

옥천2교는 사람과 차만 지나가는 것이 아니라 상판 아래로 도시가스 관과 생활 하수관도 같이 지나간다. 그 사이사이에 비둘기들이 보금자리를 만들어 알을 낳고 새끼를 기른다. 투박하고 거친 시멘트 구조물로 된 교각에는 흰 분비물이 하얀 페인트처럼 길게 선을 그으며 흘러내렸고 여기저기 깃털들이 조각조각으로 흩날린다. 유독 이 다리에만 비둘기들이 떼를 지어 살고 있다. 물 아래에는 오리들이 유유히 떠다니는 풍광이 서로 대비를 이루며 색다른 풍경을 만든다. 같은 조류인데도 머무는 공간의 성격은 전혀 다르다.

이내 하천길을 따라 긴 담장이 나타나고 그 위에는 벽화로 수를 놓아 사시사철 피어 있는 긴 매화꽃길을 만들었다. 〈취화선〉이라는 영화의 주인공인 조선 후기 천재 화가 오원 장승업(吾園 張承業, 1843~1897)의 병풍 10폭짜리 매화도에서 아이디어를 빌려 온 모양이다. 중간 걸음으로 길이를 헤아려 보니 200여 걸음이 된다. 족히 100미터는 되겠다. 필요 이상으로 과장된 굵은 줄기는 검은 먹선으로 진하게 처리하여 더욱 굵게 보인다. 꽃잎은 짙은 분홍색으로 색감을 더욱 강조했다. 햇볕에 바랠 것까지 염두에 둔 과장된 빛깔이다. 자세히 살펴보니 '꽃손덕운' 'The gooni'라는 문자가 꽃잎 사이사이에 숨겨져 있다. 영어 표기는 벽화 그림의 재능 기부자가 남긴 자기 흔적인 '덕운이'로 생각된다.

그림길이 끝나니 포방교가 보인다. 다리 위에는 곧 환갑을 맞는다는 재래시장인 포방터 시장의 'since 1960' 간판이 내걸렸다. 임진란 후 한양 도성을 지키기 위한 포 훈련을 했던 곳이라고 한다. 또 6·25전쟁 당시에도 대포를 설치하여 전쟁이 끝날 때까지 서울을 방어했다는 곳이기도 하다. 그래서 '포방터'라는 이름이 붙었다는 안내판 뒤로 대포와 포탄 대신 당근 을 짊어진 포병이 함께하는 미니어처가 익살스런 모습으로 서 있다. 전통 시장을 활성화시키기 위한 일환으로 만들어진 텔레비전 프로그램에서 스 타급 요리사가 칭찬을 아끼지 않았다는 돈가스집에는 옆 골목까지 젊은이 들의 긴 줄이 이어진다. 이런저런 이유로 2020년에 제주도로 가게를 옮겼 으니 지금은 볼 수 없는 모습이 되었다.

돌 깎는 기계가 만든 공장의 흔적이 아직도 남아 있는 돌로 만든 징검 다리를 건너자 바로 인구 밀집 지역이 나타난다. 은행나무가 그늘로 가려 주는 의자 위에는 동네 할머니들이 옹기종기 모여 이야기꽃을 피운다. 이 내 산책 동호인들의 숫자가 늘어나면서 잘 다듬어진 소공원과 함께 체육 시설이 어우러진다. 건강이 화두인 시대인지라 이용자가 적지 않다. '건강 하세요'라며 인사를 주고받는 이도 더러 만난다. 대접을 받으면서 여유로 운 산책을 한껏 즐기는 무리는 단연 댕댕이(멍멍이)다. 조깅하는 이들은 손

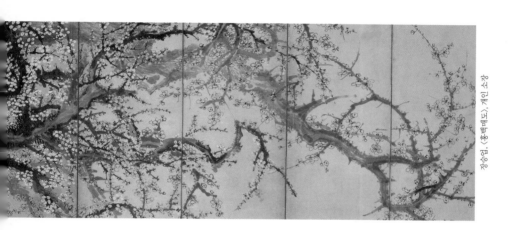

장승업, 〈홍백매도〉, 개인 소장

을 앞뒤로 힘차게 흔들며 경쟁하듯 잰걸음으로 바쁘게 걷는다. 그 사이사이로 청소년들의 자전거도 간간이 지나간다. 그런 소란스러움에도 불구하고 물 가운데 바위 위에는 청둥오리들이 부리를 날개에 숨긴 채 편안하게 졸고 있다.

홍제교 입구에 도착하니 '한강 7km' 표지판이 나온다. 오늘은 여기까지다. 물길 따라 걷던 발걸음을 멈추었다. 돌아오는 길은 반복되는 풍광이다. 문득 4대강이 스쳐 지나간다. 금강은 충남 부여 지방을 지나면서 백마강으로 바뀌고 영산강도 나주 어귀에서 극락강으로 잠시 이름이 바뀐다. 그렇다면 삼각산 계곡에서 발원하여 한강에 이르는 10킬로미터의 홍제천도 한 가지 이름으로 부르기는 너무 싱겁다는 생각이 일어난다.

상류에는 세검정 정자가 제일 유명하다. 그래서 세검정천洗劍亭川이라고 이름을 붙여도 괜찮을 것이다. 보도각普度閣의 불암佛巖을 끼고서 산허리에서 콸콸 흘러나왔다는 옥천玉泉의 맑은 샘물이 합해지는 지점부터 청옥 같은 물 향기가 살아 있는 홍제교까지는 옥천玉川이라고 불러야겠다. 예전에는 불천佛川으로 불렀다는 기록도 남아 있으니 새삼스런 것도 아니다. 지하철 홍제역 인근에는 나라에서 운영하는 숙박 시설인 홍제원이 있었다는 표지석이 서 있다. 따라서 홍제교부터 한강까지 7킬로미터를 홍제천이라고 제한해야겠다. 그런데 냇물이 동의해 줄까? 3분의 1을 잘라 내도 별다른 불만이 없을까? 그게 좀 염려스럽긴 하다.

길에도 생로병사가 있다

택시를 잡은 후 '경의선 숲길'로 가자고 했다. 낯선 이름 때문인지 기사님이 고개를 갸웃거린다. 재빠르게 H가 스마트폰 지도 어플에 검색어를 올린다. 운전을 보조하는 기계음을 따라 마포구 연남동 방향으로 달렸다. 거의 다 와서야 기사님이 "아~ 여기요!" 하면서 이제사 알겠다는 듯 차를 세운다. 건축가 승효상 선생이 애용하는 건축 재료인 녹슨 철판에 한글과 영어로 새겨진 가로 표지판이 우리를 맞이했다. 경의선은 일제강점기 때 경부선과 연결되면서 가장 많은 교통량을 자랑하던 황금노선이었다. 서울에서 출발하여 개성, 평양을 거쳐 신의주로 가는 철길인 까닭이다. 압록강 철교만 넘어가면 바로 중국 단동(丹東, 단둥)이다.

안경을 고쳐 써 가며 옆구리 면에 쓰인 안내판을 열심히 읽던 M은 "경의선이라고 하길래 의정부 가는 길인 줄 알았더니 신의주네!"라고 하면서 탄식어를 내뱉는다. 7080세대인지라 휴전선 이남의 지명에 국한된 사고를 할 수밖에 없는 지정학적 한계 속에서 살아왔음을 여실히 보여 준다. 마치 새로운 사실을 발견한 것처럼 세 명이 함께 고개를 끄덕였다. 그런데 신세대는 이 동네를 '연트럴파크'라고 부른다. 연남동과 뉴욕의 센트럴파크를 합했다. 북쪽이 막혀 있으니 아예 동쪽으로 태평양을 날아다닌 경험치가 쌓인 결과일 것이다. 철길의 이미지도 그 이름과 함께 사라졌다. 너무 '나가 버린' 네이밍이긴 하지만 톡톡 튀는 동서 문자의 조합 능력을 유감없이 보여 준다.

100년 이상의 역사를 가진 철길이 몇 년 사이에 도심 공원으로 바뀌었다. 기차를 타고 빠른 속도로 달리며 스쳐 가는 길이었지만 천천히 걸으면서 머무는 길이 된 것이다. 앞만 보고 달리던 시대에는 양옆이 낡은 경계선으로 얼기설기 가려진 칙칙한 길이었지만, 천천히 걷는 시절에는 담장을 대신한 노천 카페와 맛집이 시선을 사로잡는 화려한 상호와 인테리어로 사람들의 발길을 더 오래도록 묶어 둔다. 제철을 만난 벚꽃이 화사하게 피고 봄물이 오르기 시작한 연둣빛 나무들 사이로 만들어진 인공 물길은 아직도 건조한 상태다. 곧 물길이 열릴 것이고 밤에는 가로등 불빛을 반사하며 또다른 아름다움을 연출하며 촉촉하게 흐를 것이다. 그럼에도 시공자는 군데

군데 레일의 흔적을 남겨 철길이 공원으로 바뀌었다는 역사적 사실을 유적처럼 물증으로 기록해 두었다. '나를 잊지 말라'고 외쳤던 철길의 기능을 위해서는 지하철도를 새로 만들었다. 알고 보니 없어진 것이 아니라 옮긴 것이다. 그럼에도 보이지 않는 것은 모두가 없어졌다고 여긴다.

어린아이와 반려견의 행복한 나들이 표정을 바라보며 우리 일행도 넓은 소맷자락으로 바람 소리를 내면서 운동 삼아 씩씩하게 걸었다. 공원 마지막 좁은 길을 따라 올라 보니 길 끝의 고가도로 다리 아래 펴놓은 서너 개의 평상에는 해방 세대 어르신들이 삼삼오오 모여서 몇 개의 바둑판을 마주한 채 삼매에 빠져 있다. 그 뒤로 장갑을 끼고 마스크를 하고 모자를 눌러쓴 채 굳은 표정으로 공원 방향을 향해 재빠른 걸음으로 오는 남정네와 눈길이 마주치기도 했다.

기술에 따라 철길도 그 모양을 달리하기 마련이다. 터널 뚫기와 다리 세우기 실력이 모자라던 시절에는 산과 강의 지형에 순응하는 곡선 철길이 많았다. 세태가 바뀌면서 '빨리빨리'를 외치는 주변의 요구에 따라 여기저기 부분적으로 직선화가 이루어졌다. 이로 인하여 생긴 폐철로는 고철로 뜯겨 팔리거나 대장간으로 갔고, 폐침목은 교외에 새로 짓는 별장의 가파른 언덕길 계단으로 전용되기도 했다. 교통량의 급격한 증가에 따라 왕복 노선을 달리하는 복선화도 이루어졌다. 넓어지는 철길에 반비례하여 승객과 화물의 수요가 작은 역에는 열차의 정지 횟수가 차츰차츰 줄었다.

한 걸음 더 나아가 아예 기차가 서지 않는 간이역도 점점 많아졌다. 이후 역사驛舍의 기능을 상실한 간이역은 철도를 이용하여 오가는 승객이 아니라 자동차를 몰고 온 관광객이 찾아가는 근대문화유산 혹은 옛 추억을 찾는 장소로서의 가치가 더 부각되는 용도로 바뀌었다. 다행히 뜯기지 않고 남은 폐철로는 레일바이크(철로 자전거)가 다니는 관광철도로 되살아 나기도 하고, 노선 변경으로 인하여 폐기된 터널은 와인 저장고 등으로 변신하면서 지역 경제의 효자 노릇을 자청했다. 직선화·복선화 이후로 간이역 숫자가 늘어나더니 고속철이 등장하면서 순식간에 대도시를 제외한 대부분의 정거장이 간이역에 준하는 대접을 받아야 하는 것이 현실이다.

길은 필요에 따라 생기기도 하고 없어지기도 하며 또 넓어지기도 한다. 때로는 용도가 폐기된 채 을씨년스럽게 버려진다. 반대로 없어지다시피 한 토끼길, 나무꾼길, 과거시험 보러 가는 길, 임금님 행차길 등 묵은 옛길을 살려 다시 둘레길로 정비되었다. 예전에 편의를 위하여 덮었던 시멘트 포장을 걷어내고 다시 흙길로 복원하기도 한다. 이처럼 길도 생로병사生老病死가 있다. 만들고 이용하고 수리하고 교체되는 성주괴공成住壞空의 순환 법칙을 따라 생기고 유지하고 없어짐을 반복하는 것이다. "본래 길은 없다. 내가 가면 길이 된다."고 호기 있게 외치는 사람도 있지만 본래 있던 길도 없어진다는 사실도 함께 살펴야 할 것이다.

스마트폰 속에서 떠오르는
새해 일출

해가 바뀐 지 얼마 되지도 않았는데 벌써 신년이 주는 새로움은 간 곳이 없고 무덤덤한 일상의 연속이다. 새해 첫날 큰맘 먹고 북한산에 올랐던 그날을 되돌아보며 스스로를 향한 다짐을 다시금 되새긴다.

지난 1일 새벽 해맞이 산행을 위해 4시 30분에 자명종을 맞췄다. 따르릉 소리에 잠을 깼다. 시계를 보니 자정이다. 꿈과 현실이 둘이 아니라더니 꿈속에서 알람 소리를 들은 것이다. 그렇게 설렐 일도, 설렐 나이도 아닌데 참으로 이상한 일이다. 다시 잠을 청했다. 이번에는 전화벨이 울린다. 같이 오르기로 한 일행의 연락이었다. 세수를 하고 옷을 주섬주섬 챙기니 그제서야 숙소의 자명종이 울린다.

밖은 깜깜했지만 춥지 않았고 날씨는 맑은지라 별빛이 초롱초롱하다. 북한산 구기동 입구에서는 일출 산행팀 수십 명을 세워놓고 안내판 앞에서 유경험자가 열심히 브리핑을 하고 있다. 이미 잘 아는 길이라 그냥 지나갔다. 얼마 후 등산화가 군화 같은 저벅 걸음 소리를 내며 불빛의 행렬과 함께 뒤따라온다. 뒷팀을 의식한 채 발걸음을 빨리했더니 금세 지친다. 겨우내 웅크리고 지낸 까닭에 생긴 운동 부족 탓이리라. 코끝에서 느껴지는 냉기도 만만찮다. 할 수 없이 차가운 바위에 기댄 채 휴식을 취했다. 뒷팀이 지나간다. 추월당한 것이다. 기운을 차린 뒤 쉬엄쉬엄 따라갔다. 얼마나 걸었을까? 앞팀의 낙오자가 한두 명 보인다. 금방 앞팀 후미가 나타났다. 경쟁적으로 빨리 가는 것이 중요한 것이 아니라 꾸준히 걷는 것이 더 중요하다는 사실을 실감한다. 선후를 다투지 말고 각자 자기 능력에 맞춰 자기 길을 걸어가면 될 일이다.

눈이 쌓인 곳은 음지길이고 녹은 곳은 양명한 곳이다. 서쪽 달이 보이면 등성이 길이고 별만 보이면 골짜기 길이다. 손전등이 비추는 한 평 불빛에 의지한 길이지만 올라갈수록 뒤돌아보는 서울 시가지의 불빛 면적은 기하급수적으로 넓어진다. 서산에 걸린 새해 첫 달을 만났다. 카메라로 겨우 잡고 보니 화면만으로는 일출인지 월몰月沒인지 구별이 불가능하다. 올해는 1월 1일이 음력 11월 15일인지라 보름달을 전송하는 기쁨을 덤으로 누렸다. 이제부터 온통 눈밭이 펼쳐진다. 여기가 빙점인 모양이다. 이내 옅은 아침 안개 속에서 남문이 성벽과 함께 떡하니 버티고 서 있다. 다 왔구나!

문수봉에서 해맞이를 했다. 예전에는 첫 일출을 향해 두 손을 공손하게 모으고 한 해의 소원을 빌었다. 요즘은 스마트폰으로 일출을 찍으려고 두 손을 바닷게 두 발가락처럼 모은다. 핸드폰의 대중화가 일출 풍속까지 변화시킨 것이다. 일출도 찍었지만 일출 산행객들이 스마트폰을 들고 기도하는 새로운 모습도 함께 찍었다. 합장은 합장인데 두 손바닥이 닿는 것이 아니라 양손의 두 손가락을 스마트폰이 이어 주고 있다. 태양신 혹은 일광日光보살을 찬탄하는 방식도 시대에 따라 달라지기 마련인가 보다. 너나 할 것 없이 덕담과 함께 일출 사진을 보내며 새해 인사에 바쁘다.

가상과 실상이 구별되지 않는 시대라고 한다. 집에 누워 텔레비전을 통해 전국의 일출 풍광을 모두 보는 쉬운 방법도 있다. 그럼에도 가상은 가상일 뿐이다. 나만의 실상을 보기 위해 새벽부터 산에 오른 것이다. 실상을 보려면 노고와 땀이 수반돼야 한다. 하지만 그 실상을 가까운 사람들과 나누기 위해선 가상을 빌려야 한다. 실상은 '내 것'이지만 공유하면 가상이 된다. 또 실상은 순간 포착 후 사라지지만 가상은 영원히 보관할 수 있다. 각각 장단점이 있는 법이다. 어쨌거나 나를 통해 실상과 가상이 함께 할 수 있다면 더욱 좋은 일이다.

인근 문수사 법당으로 갔다. 고개를 숙이며 새해 소원을 기원한 뒤 부엌방으로 가서 떡국을 먹었다. 일출 순례객을 위해 떡국을 끓이는 자원봉

사자 10여 명과 함께 새해 인사를 나눴다. 작년에 이어 두 번째 먹는 떡국이다. 누구는 나이 먹기 싫어 떡국이 아니라 만둣국을 먹는다는 말이 생각났다. 여긴 일반 식당이 아닌지라 별다른 선택의 여지가 없다. 하긴 만둣국을 먹는다고 나이를 피해 갈 수 있는 일은 아니겠지만. 절집의 옛 시인은 해와 달이 함께 뜨고 지는 날을 이렇게 노래했다.

"해와 달이 수미산 허리에 걸려 있도다."

日月在須彌山腰

코로나 바이러스가 가르쳐 준
연기의 법칙

서울 종로구에 위치한 조계사 일주문 앞에 철사와 한지공예를 응용해 만든 아기 부처님이 등장했다. 해가 질 무렵 은은한 조명 불빛이 들어오자 지나가던 사람들은 발걸음을 멈추고 그 앞에 서서 셔터를 누른다. 우정국로 가로수의 연푸른 잎을 배경 삼아 길을 따라 이어진 하늘에 걸린 형형색색 팔각등을 보니 비로소 부처님오신날이 가까워졌음을 실감하게 된다.

2020년은 코로나19로 인하여 모든 것이 멈춰 버렸다. 심지어 시간까지 정지해 버린 느낌이다. 봄이 와도 봄이 온 줄 모르고 꽃이 피어도 꽃이 핀 것조차 제대로 느끼지 못했다. 봄이 와도 봄이 아닌, 그야말로 옛어른들의 말씀대로 춘래불사춘春來不似春이 무슨 뜻인지 제대로 알게 해준다. 전염병 예방을 위한 '사회적 거리두기'가 일상화되면서 두어 달가량 집 밖을 나가지 못한 사이에 화사한 봄꽃들은 봐 주는 사람도 없이 혼자 피었다가 속절없이 혼자 스러졌다.

어느새 달력은 5월이다. 부처님오신날인 음력 4월 8일을 앞두고 종로 큰길에서 연등축제를 제대로 치르려면 많은 준비 작업이 필요하다. 하지만 역병의 창궐 때문에 할 수 있는 게 아무것도 없었다. 몇 개월 동안 함께 힘을 모으고 손이 가야 하는 수작업이 대부분이기 때문이다. 사회적 거리두기가 다소 완화되면서 그간의 시간적 공백을 메워 준 것은 고맙게도 음력 달력이었다.

절집은 양력과 음력을 동등하게 함께 사용하는 집안이다. 음력 사랑이 유별난지라 음력 날짜가 크게 적혀 있는 달력은 생활 필수품이기도 하다. 달이 차고 이지러짐을 기준으로 만든 음력은 태양력 365일에 비해서 1년에 열흘 정도 날짜가 모자란다. 그래서 3년 만에 한 번씩 윤달을 만들어 끼워 넣는 보완을 통해 공존해 왔다. 그런데 윤달을 특정 달에 고정시키지는 않았다. 어느 해에는 윤삼월이 되기도 하고 윤오월 혹은 윤구월일 때도 있다. 물론 그것을 정하는 것은 전문 역학자의 몫이다. 2020년은 윤사월이었다. 다시 말하면 4월이 두 달인 셈이다. 다행스럽게도 윤사월 8일이 부처님오신날이 되었다. 바이러스의 기운이 약해질 무렵 당신의 생일도 제대로 명분 있게 챙길 수 있게 된 것이 여간 다행스럽지 않았다. 하지만 한 달로는 부족했던 모양이다. 결국 생일 축하 없이 그냥 지나가야 했다.

대구·경북 지역에서 코로나19가 확산된 원인이 특정 종교 단체로 밝혀지면서 사회적 눈총은 모든 종교계로 옮겨 갔다. 이후 종교의 자유보다는 국민 안전이 더 우선이라는 공감대가 형성되면서 국가의 방역 정책은 효과를 내기 시작했다. 외신은 이스라엘 보건부 장관이 부인과 함께 코로나19 확진 판정을 받았고 그 바람에 총리까지 15일 동안 자가격리를 해야 했다고 전한다. 그가 "코로나 바이러스는 동성애에 대한 신의 벌"이라고 말했다는 '지라시' 소식은 페이스북에 올려져 댓글까지 달린 채 지구촌으로 퍼져 나갔다. 전염병은 애초부터 종교적 신념이 끼어들 수 있는 영역이 아니었다. "코로나는 의사와 간호사에게"라는 말은 시간이 지나면서 더욱 빛을 발했다. 양력 달력에서 기원 원년을 가르는 기준인 BC가 'Before Christ(예수 탄생 이전)'가 아니라 이제는 'Before Corona(코로나9 이전)'를 뜻하게 될 거라고 말할 만큼 완전히 다른 세상으로 바뀔 것이라는 '의학적 예언'에 따라 코로나 원년인 2020년은 '탈종교 시대'의 원년까지 겸하게 될 것이다.

이제 여행도 마음대로 할 수 없다는 사실을 알았다. 유명 관광지 주민조차 외지인이 오는 것을 꺼리는 세상이 되었기 때문이다. 여권이 있어도 가고 싶은 날짜에 머물고 싶은 나라를 선택할 수도 없다. 바이러스 유행 속도가 나라마다 다른 까닭이다. 비대면 접촉이 보편화되면서 학교의 인터넷 강의는 하루가 다르게 빠른 속도로 대중화되고 있다. 강의 내용이 공개되면서 교사의 실력까지 알게 모르게 드러난다. 종교계 역시 인터넷을 이용한 설법·강론·설교 공개가 더욱 속도를 낼 것이다. 따라서 종교인의 안목 또한 만천하에 노출될 날도 머지않았다.

어쨌거나 코로나19 바이러스로 인하여 인간들의 활동 반경이 줄어들면서 하늘이 파래지고 공기가 맑아진 것을 누구나 느낄 정도가 되었다. 이유는 비행기와 자동차의 매연이 대폭 줄었기 때문이다. 불과 몇 달 만에 바뀐 현상이다. 자연의 회복력은 우리가 생각한 것보다 훨씬 빠르다. 모든 것은 원인과 결과의 관계이기 때문이다. 이것을 '연기緣起의 법칙'이라 부른다. 이 정도의 평범한 상식을 가르치려고 2,600여 년 전 음력 4월 8일 선지식善知識께서 이 땅에 오신 것이다.

이것이 있으면 저것이 있고
저것이 없으면 이것도 없다.

此有故彼有　　彼無故此無

이순신의 후예들이
광화문광장에 연등을 밝히다

연등회(燃燈會, 중요무형문화재 22호)는 신라 이후 면면히 전승된 천 년 전통문화다. 현대에도 그 시간적 무게감 때문에 해를 더할수록 볼거리에 대한 기대치는 점점 높아지기 마련이다. 하지만 그것은 '평상시' 때 이야기다. 천 년 동안 한반도의 5월이 어찌 눈이 부시게 푸르른 날만 있었으랴. 잎 돋고 꽃 피는 화려한 계절이지만 때로는 장마 같은 굵은 소낙비가 내릴 때도 있고 또 태풍처럼 세찬 바람이 부는 '비상시'도 있기 마련이다. 설사 풍전등화風前燈火일지라도 수시로 심지를 돋우어 가며 꺼지지 않도록 살폈고 우천시에는 한지로 만든 연등에 비옷을 입혀서라도 주어진 몫을 다했다.

자비慈悲의 연등회는 내용을 어떻게 하느냐에 따라 기쁨을 함께하는 자慈의 축제가 될 수도 있고 슬픔을 함께 나누는 비悲의 축제가 될 수도 있다. 2014년 세월호 시절에는 흰색 추모등과 만장挽章 등으로 아픔을 국민과 함께 나누는 비悲의 연등회를 만들었다. 규모를 대폭 줄이고 사람들의 마음을 충분하게 반영하면서도 우리가 해야 할 일을 소홀히 하지 않았다.

하지만 그로부터 6년 만에 또 비상 시기를 만났다. 이른바 신종 코로나 바이러스 감염증 사태다. 강력한 코로나19 창궐 시기와 겹친 부처님오신날 기념 행사를 4월 30일(음력 4월 8일)에서 5월 30일(윤4월 8일)로 연기했다. 동시에 5월 한 달 동안 코로나 극복을 위한 기도를 이어 갔다. '사회적 거리 두기'라는 대세 속에서 대규모 인원이 동원되어 종로 거리를 가득 메우는 축제가 과연 가능할지 일을 진행하면서도 계속 반문의 물음표를 던졌다. 우려는 그대로 현실이 되었다. 그동안 흘린 땀의 결과물인 대형 작품은 조계사와 봉은사 마당과 청계천 광화문광장 등 몇 군데 전시로 대치했다. 임진란 와중에도 등불이 주는 위안이 필요했고, 세월호 정국에도 우울감을 치유한 등불의 역할을 포기할 수는 없는 일이기 때문이다.

뒤로 미룰 수는 있지만 취소할 수는 없으며, 규모를 줄이더라도 건너뛸 수는 없다는 사명감은 전승의 역사를 만드는 또 다른 힘이다. 그래서 이번에는 한 달이나 뒤로 미루었다. 다행히도 윤사월이 명분으로나마 정당성을 부여해 주었다. 하지만 거듭 심사숙고 끝에 국민 안전을 위해 결국 취소를 결정했다.

공들인 연등회를 열 수 없다는 안타까움을 달래며 서울 종로의 우정국 공원과 조계사 마당을 어슬렁거렸다. 안타깝게도 서울 도심으로 나갈 수 없는 작품들의 전시가 시작되었기 때문이다. 전부 수작업인 동시에 공동 작업의 결과물이다. 시간과 인력의 부족으로 인하여 예년보다 개수도 적거니와 크기도 고만고만하다. 코로나19 때문에 시행된 강력한 사회적 거리 두기 운동으로 인하여 작업 진도가 더딜 수밖에 없었으리라. 대작은 말할 것도 없고 해마다 주목받던 업그레이드된 창작등은 더욱 귀하신 몸이 되었다. 일주문 앞에 있는 아홉 마리 용이 아기 부처님을 목욕시키는 '구룡토수九龍吐水'라고 제목을 단 신상품이 발길을 멈추게 만든다. 어쨌거나 늘 그래왔던 것처럼 주변 여건이 수월할 때는 수월한 대로, 어려울 때는 어려운 대로 최선을 다했다.

즐거운 시절에는 흥겨움을 보태는 등불이지만 힘든 시기에는 위로를 주는 등불이 된다. 임진란 당시 이순신 장군은 "초파일에 관등觀燈했다."는 기록을 『난중일기』에 남겼다. 전쟁이 주는 극도의 긴장감과 중압감 속에서도 연등을 바라보며 심리적으로 많은 위안을 얻었을 것이다. 승군僧軍들은 7년 동안 전란에 참여하면서도 해마다 5월(음력 4월)에는 틈틈이 밤마다 연꽃잎 모양 따라 종이를 비볐다. 연등을 만들어 남해 바다를 은은하게 밝혀서 조선수군은 물론 피란처 백성까지 위로했던 것이다. 그 후예들은 2020년 당신의 동상이 있는 광화문광장에 황룡사 9층목탑을 본뜬 조형

등을 세웠다. 신라 선덕여왕이 백성의 마음을 하나로 모아 어려운 당시 상황을 극복하려고 했던 간절한 염원이 서린 탑을 재현한 것이다. 이제까지 만난 적이 없는 미증유의 전염병 사태를 극복해 내리라는 의지를 가득 담았다.

연등회가 취소되면서 동動적 축제는 정靜적 축제로 바뀌었다. 영상을 통해 거미줄 같은 인드라망(인터넷)을 타고 그 등불은 오대양 육대주로 송출되면서 랜선 형식의 '비대면의 대면' 축제로 바꾸었다. 하지만 이후에도 코로나19로 인한 비상 시기가 더욱 길어지고 아예 비대면이 일상화될까 봐 여전히 걱정스럽기는 하다.

탄천에는 동방삭이
숯을 씻고 있다

개울 명칭이 특이하여 일부러 탄천炭川을 찾았다. 경기도 용인에서 발원하여 성남 분당을 거쳐 서울 송파구에서 한강과 합류한다. 이름에는 그만한 연유가 있기 마련이다. 우리말로는 '숯내'라고 불렀다. 성남 주변에는 탄리炭里, 즉 숯골이라고 불리는 마을이 있었다. 조정과 민간에서 필요로 하는 숯을 생산했던 지역이라고 한다. 비가 오면 숯물이 골짜기를 따라 흘러 나오면서 냇가에는 시커먼 물이 흘렀다. 그래서 숯내(탄천)라고 불렀다는 것이다. 중국 황하黃河처럼 늘 누른 물도 아니고 어쩌다 가끔 흐르는 검은 물빛이 지명이 될 만큼 개천의 물이 맑았던 시절의 이야기다. 하지만 자연현상을 두고서 붙여 놓은 이름은 모두가 '그런가 보다' 하고 귓전으로 흘려

199

듣기 마련이다. 그런 사실보다는 좀 더 그럴듯한 전설을 덧붙인다면 지명이 '더 있어' 보일 테다. 모두가 귀를 쫑긋 세울 만한 이야기로 기존 지명을 각색한다면 그것도 지역 사랑의 방편은 되겠다. 그래서 천상 세계와 인간 세계를 마음대로 오가는 사람 이야기가 첨부되면서 이름의 격을 그런대로 높일 수 있었다.

　　염라대왕 곁에서 심부름하는 이가 모종의 임무를 맡아 인간세계로 내려왔다. 냉큼 숯골로 달려가서 대량의 숯을 장만했다. 많은 이들이 오고 가는 길목인 냇가의 돌다리 한 켠을 차지하고서 숯을 씻기 시작했다. 숯을 빨래 삼아 씻고 있는 기이한 모습을 지나가는 이들은 의아한 눈빛으로 힐긋힐긋 쳐다봤을 것이다. 하루 이틀 시간이 흐르면서 검은 물이 흐르기 시작했고 그야말로 숯내가 되었다. 비가 오는 것도 아닌데 검은 물이 흐르는 것을 이상하게 여긴 이가 냇물을 따라서 찾아왔다. 희한한 광경을 보고 그 까닭을 물었다. "숯을 희게 만들기 위해 씻고 있다."고 대답했다. 그러자 "삼천갑자(1갑자는 60년이다)를 살았지만 그런 말은 처음 듣는다."는 말이 돌아왔다. 그 순간 오랏줄로 묶어 염라대왕 앞으로 끌고 갔다는 이야기다. 죄명은 저승 명부에 적힌 자연 수명 60년을 몰래 삼천갑자로 조작한 혐의였다.

　　주인공의 이름은 동방삭(東方朔, BC154~BC92)이다. 그는 중국 전한前漢 시대 무제武帝 때 관료였다. 『한서(漢書)』 권65 '동방삭전'과 『사기(史記)』 「골계열전」 '동방삭전'에 기록이 남아 있는 실존 인물로 1갑자인 60여 년을 살았다. 당시로서는 환갑 잔치를 할 만큼 장수했다. 그는 무제(武帝, BC156~BC87)가 두어 달에 걸쳐서 읽어야 할 만큼 많은 양의 자기소개서를 올려 스스로를 천거한 인물이다. 걸출한 외모와 함께 해학과 변재가 뛰어난 기인으로 주변에 많은 이야기를 남겼다. 법가法家가 득세하던 시대에 '옛사람들은 산속에 은거했지만 자신은 도시에 은거했다'는 도가道家적 사고를 가졌기에 주변과 어울리지 못했다. 사마천(司馬遷, BC145~BC85)과 절친이었다고 한다. 이런 그를 사마천은 '동방삭전'에서 "물이 너무 맑으면 고기가 살지 못하고 사람이 너무 살피면 친구가 없다."는 촌평을 날릴 정도였다. 얼음과 숯이 한 공간에 같이 있을 수 없다는 '빙탄불상용氷炭不相容'이라는 말도 그와 연관된 것이다. 일찍이 '숯'이라는 글자와 인연을 맺은 셈이다.

어쨌거나 그는 늘 사바세계에 살면서 신선 세계를 동경했다. 이런 동방삭을 기억했던 이태백은 '옥호음(玉壺吟)'이란 제목의 시를 통해 두 줄로 언급했다.

세상 사람들은 동방삭을 못 알아보지만
금문(한림원)에 숨어 있는 귀양 온 신선이구나.

世人不識東方朔　大隱金門是謫仙

몇천 년 전 중국 전한 때 인물이 어느 날 조선 시대에 다시 등장했다. 하긴 사지가 멀쩡한 한량이 삼천갑자를 살았으니 갈 만한 곳은 모두 돌아다녔을 것이다. 결국 조선 땅 탄천에서 마지막 행적을 남긴 뒤 하늘나라로 소환당했다. 그런데 왜 하필 조선이었을까? 어차피 믿거나 말거나 한 옛날이야기이니 현재의 상상력을 조금 보탠다고 한들 무슨 허물이 되랴. 본래 구전 이야기란 시간이 지나면서 뺄 것은 빼고 보탤 것은 보태면서 그 내용을 보다 풍성하게 만들고 완성도를 높이는 집단 창작물인 것을.

어쨌거나 문제를 푸는 열쇠는 두 글자로 된 '동방'이란 그의 성씨라 하겠다. 중국 쪽에서 본다면 동방은 당연히 조선 땅이다. 신라 때부터 한반도를 '황해(黃海, 서해)의 동쪽'이라는 의미로 '해동海東'이라고 불렀다. 원효 스님도 당신 책에 저자의 이름을 올릴 때 '해동사문(海東沙門, 사문沙門은 수행자라는 뜻이다) 원효'라고 했으니 그 명칭의 역사는 유구하다. 따라서 동방삭 역시 삼천갑자의 만년 시절에 해동에서 머물렀다는 추정의 근거가 되었다고나 할까. 아무튼 귀화했다고 해두자. 한자도 자기 글자처럼 사용하는지라 숯내도 마음 놓고 '탄천'으로 바꾸었다.

사람의 이동은 문화의 이동이요, 문자의 이동이다. 하늘 세계의 문화가 땅으로 내려왔고 중원의 문자도 해동으로 이동했다. 숯도 시간적으로, 공간적으로 그 역할을 이동시켰다. 주로 연료용이었지만 장 담글 때는 유해 물질을 제거하는 용도로 간장독 안에 띄웠다. 요즈음은 야외 캠핑이 대중화되면서 타는 장작과 남은 숯불을 보면서 명상을 하는 세상이 되었다. 이른바 '불멍'이다. 장작불과 숯불이 '멍 때리는' 매개체로 변신한 것이다.

얼마 전 사무실의 공기청정기 필터를 교환하기 위해 동봉한 설명서대로 분해해 보니 마지막은 검은 판이다. 자세히 살펴보니 가로세로로 칸을 촘촘히 나눈 뒤 숯 조각을 칸칸히 담아 놓았다. 오래전부터 세면장에 탈취제 삼아 대형 숯 몇 개를 놔두었다. 창문을 통해 들어오는 눈에 보이지 않는 미세먼지가 쌓였다고 생각될 때마다 주기적으로 숯을 깨끗하게 씻었다. 그래야만 제대로 기능을 발휘하기 때문이다. 알고 보면 검은 숯이라고 하여 씻지 않는 건 아니다. 물론 하얗게 만들려고 숯을 씻는 사람은 아무도 없겠지만.

일본 에도 시대의 시인 간노 다다토모(神野忠知, 1625~1676)는 이런 하이쿠(俳句)를 남겼다.

"이 숯도 한때는 흰 눈이 얹힌 나뭇가지였겠지."

3

삶은 내가 기억하는 것보다
더 아름답다

부음정에 깃든
조선 선비의 의리

합천 가야산의 나무들은 이미 잎을 떨구었고 아랫동네 가을 단풍이 끝물처럼 남아 있던 날, 내암 정인홍(來庵 鄭仁弘, 1536~1623) 선생의 묘소를 찾았다. 1924년 현 위치로 이장했다고 한다. 묘소는 영의정을 지낸 분의 봉분이라고 할 수 없을 만큼 소박했지만 약간의 석물이 더해지면서 겨우 격을 갖추었다. 묘소를 알리는 안내 표지판과 작은 주차장이 생긴 것도 불과 얼마 전의 일이다. 뒤편 가파른 경사지에서 자란 은행나무 두 그루가 떨군 잎들이 무덤 주변을 황금빛으로 뒤덮었다. 그가 태어날 때 상왕봉의 정기를 한몸에 빨아들여 인근 나무들이 3년 동안 잎이 돋지 않았을 만큼 큰 인물이라는 전설이 떠오른다. 남쪽을 바라보니 멀리 가을걷이가 끝난 들녘

이 한눈에 들어왔다.

묘소에서 차로 5분 거리인 부음정浮飮亭은 면 소재지의 서북쪽 끝자락, 작은 개울물이 가야산 본류인 홍류동천 계곡물과 만나는 곳에 있다. 본채와 부속 건물에 사당까지 갖춘 규모지만, 서원이란 이름을 마다한 채 정자라는 작은 이름을 붙였다. 본래 아래쪽 가야시장 부근 물가에 있었는데 해방 후 지금 터로 옮겼다.

한옥은 해체해 원형 그대로 옮길 수 있는 건축물이다. 옮겨 지을 때 많은 걸 염두에 뒀을 것이다. 주변 풍광까지도 배려한 덕분인지 「부음정에 오르며(登浮飮亭)」라는 옛 시의 묘사 장면과 닮았다. '냇물 굽이치는 언덕에 자리 잡은, 내 분수에 꼭 맞는 조그만 집이지만 봄 이슬 가을 서리에 맑은 기운이 올라오는 곳'이라고 좋아하던 그의 모습을 현재 공감하는 일도 어렵지 않다.

45세 때인 1580년 그는 고향에 부음정을 세우고 후학을 양성했다. '부음浮飮'이라는 당호도 참으로 특이하다. 당신이 정치적·사회적으로 잘나갈 때 이 집은 문전성시가 되면서 수백 명이 내왕했다. 모이면 술잔이 오가게 마련. 하지만 지나치면 문제가 된다. 그렇다고 금주禁酒가 해답은 아닐 터이다.

술은 적절하게 마시면 허물이 없거니와

머리끝까지 올라오도록 과하면 실수하게 마련이다.

有孚于飮酒　无咎　濡其首　失是

술을 마실 때마다 균형을 중시했다. '부음'은 그런 뜻으로 『주역周易』에서
빌려온 말이었다. 수없이 많은 사람들이 방문하여 함께 술상을 마주하면
서도 품격을 잃지 않았던 선생의 전성기를 대변한 당호인 셈이다.

　　남명 조식(南冥 曺植, 1502~1572)은 늘 "정인홍이 있기에 나는 죽지 않는
다."고 할 만큼 수제자인 그를 아꼈다. 스승 남명을 선양하던 와중에 퇴계
학파와 정면충돌하여 유가에서 '파문'당하는 수모와 이후의 극형도 기꺼
이 감수했다. 단재 신채호가 내암의 전기를 쓰고 싶다고 할 정도로 드라마
틱한 인생이었다.

　　이렇게 부음정의 주인장 내암은 '영의정'과 '역적'이라는 인생의 극과
극을 함께 보여 준 인물이다. 조선조를 통틀어 영남 출신 영의정은 하륜·
류성룡·정인홍 3인뿐이다. 어쨌거나 영광은 짧았다. 합천을 포함한 낙동
강 서쪽 경상우도는 역향(逆鄕, 반역의 땅)이라는 굴레 때문에 지역 인재들에
대한 불이익이 적지 않았다. 그런데도 언제나 '내 편'인 서산 정씨 집안과
지역사회는 그를 끝까지 지켰다. 마침내 1908년 신원(伸寃, 사면복권)이 됐다.
근래 선양 운동과 함께 연구서도 나오고 세미나도 열린다. 역적이란 굴레

에서 벗어난 지 100여 년 만에 본격 재조명되고 있다.

임진란 때는 의병장으로서 당신 몫을 다했다. 덕분에 팔만대장경도 무탈할 수 있었다. 인근의 대찰인 해인사 때문에 알게 모르게 불교의 영향도 적잖이 받았을 것이다. 승병장인 사명 대사 석장비 제막식에 참석했다는 기록도 전한다. 스승의 문집인 『남명집南冥集』도 처음 해인사에서 판각했고 당신이 서문을 썼다. 내암來庵이라는 호로 미뤄 짐작건대 절집(庵)에도 자주 오갔던(來) 모양이다. 물론 아전인수 해석일지도 모르겠지만.

이보다 더 결정적인 인연은, 절에서 미래의 장인어른을 만난 것이라 하겠다. 11세 무렵인 1546년 해인사에 들어가 책을 읽을 때 일이다. 젊은 관료인 양희(梁喜, 1515~1580)가 공무차 해인사를 방문한다. 업무를 마친 후 학동學童 정인홍을 따로 만났다. 그 결과 석탑과 소나무를 주제로 한 「영송(詠松, 소나무를 읊다)」이란 글이 나오게 된다. 양희를 해인사 마당에 있는 삼층석탑과 같은 인물에, 자기는 33센티미터 소나무에 비유했다. 그렇지만 나중에는 소나무가 자라 석탑을 능가할 것이라는 기개를 숨기지 않았다. 그 기상이 양희의 마음에 쏙 들었던 모양이다. 이로 인해 뒷날 그의 맏사위가 되었다. 시 한 편만 잘 지어도 장가를 갈 수 있는 그런 시절도 있었던 모양이다.

한 자 남짓한 작은 소나무 한 그루가 탑 서쪽에 있네.
탑은 높고 소나무는 낮아 서로 가지런하지 않구나.

오늘 저 소나무가 탑보다 낮다고 말하지 말라.
소나무가 자란 다음 날에는 탑이 도리어 낮아지리니.

一尺孤松在塔西　塔高松短不相齊
莫言此日松低塔　松長他時塔反低

지혜로움은 까칠하지만
자비로움은 부드럽다

임진란 때 행주산성에서 앞치마로 돌을 날랐다는 여인 부대의 주인공인 '밥할머니'를 오랫동안 추적했다는 은퇴 출가자와 통화했다. 장기 출타 중이라 우리끼리 고양시 동산동에 있는 밥할머니공원으로 이동했다. 길 안내를 맡은 도반도 그를 통해 밥할머니 이야기를 처음 들었다고 한다. 1차 자료를 찾아낸 향토 사학자 고故 이성영 선생은 지역 사회에서 신망이 두터운 토박이 어른이셨다. 그동안 구전으로 전해 오던 것을 남평 문씨 족보에서 기록을 발견하면서 비로소 공인을 받게 됐다.

깔끔하게 정돈된 공원 입구 대로변의 표지판은 운전하는 이를 위해 하늘 높이 매달려 있다. 공원 곳곳에 설치된 안내판의 설명은 친절하고, 인물 캐리커처와 로고는 정감을 더해 준다. 비록 컨테이너 건물이긴 하지만 보존회 사무실도 있고, 마을 역사 해설사를 모집한다는 현수막도 내걸렸다. 매년 가을에 열리는 추모 행사인 추향제秋享祭도 벌써 17년째다. 밥할머니는 이렇게 지역 사회의 사랑을 한몸에 받고 있었다.

밥할머니공원에 모아 놓은 비석 세 개 중 한 개는 지역 주민 수백 명이 참여해 만든 돌다리인 덕수천의 자씨교(慈氏橋, 1660년 완공) 공덕비였다. 석공인 조선남趙善男은 인근 신원동의 덕명교(德明橋, 1658년 완공)까지 만들었다는 기록을 함께 새겼다. 덕명교 비석의 후원자 명단에는 밥할머니의 아들인 문천립文天立의 이름도 보인다. 밥할머니와 인연이 있는 다리는 또 있다. 북한산 입구 은평뉴타운 폭포동 아파트 단지 안의 현대식 다리 중 마지막 다리 이름이 '밥할머니교'다. 단지 끝 천림사 사찰 인근에 밥할머니 사당이 있었는데 1958년 소실됐다고 한다. 당시에는 냇가 징검다리를 건너 사당으로 참배를 갔을 것이다.

밥할머니는 이 지역의 대지주 집안으로 시집와서 이웃 사랑을 몸소 실천했다. 인근 사찰의 후원자로서 신심도 두터웠다. 머리와 다리가 없는 석상(고양 향토문화재 제46호)은 밥할머니의 이미지를 대변하고 있어 지역민들은 석상을 밥할머니와 동일시했다. 따뜻한 가슴을 가졌기에 오른손을 들고 다섯 손가락을 편 상태에서 손바닥을 밖으로 향하는 모습(시무외인施無畏印, 누구나 환영하며 기쁨을 준다는 의미)을 하고 있으며, 왼손은 약함(藥函, 약그릇)을 받치고 있다. 행주대첩 때 부상자들을 치료한 일에서 따온 상징물이리라. 밥할머니를 마을의 수호신이자 살아 있는 약사여래로 생각한 것이다. 석상은 수도권 개발 정책에 떠밀려 여기저기 몇 번을 옮겨 다니다가 2013년에 비로소 이 자리에 안착했다.

밥할머니는 해주 오씨 집안 출신이다. 일설에는 밀양 박씨라고도 한다. 후자에 한 표를 던지는 이들은 '박 할머니'가 '밥할머니'로 변했을 것이라 추론하기도 한다. 석상을 북한산 노적봉을 향해 세운 것도 여장부의 전쟁 참여 의지를 상징한 것이라고 했다. 임진란 당시 산봉우리를 볏짚으로 감싸 군량미를 쌓은 노적가리처럼 보이게 했고, 창릉천昌陵川에 석회를 뿌려 쌀뜨물처럼 보이게 하는 심리전도 폈다. 행주산성에서 권율 장군을 도와 여성 의병대를 조직해 밥을 짓고 부상병을 치료했다. 무기가 떨어지자 여자들은 치마로 돌을 날랐다. 이후 부엌에서 사용하는 앞치마를 행주치마로 부르게 됐다. 그 공로로 인조 임금은 밥할머니를 정경부인貞敬夫人에 봉했다. 나라가 알아주지 않아도 상관없지만 알아준다면 더 좋은 일이다.

아무리 분초를 다투는 전쟁 중이라도 밥을 먹지 않고 싸울 수는 없다. 모든 것이 밥심이라고 했다. 식량을 비롯한 전쟁 물자 확보가 승패를 결정짓는다는 것은 병법의 기본 상식이다. 맹자는 '항산恒産이라야 항심恒心'이라고 했다. 먹을 것이 안정돼야 마음도 안정되는 법이다. 밥은 단순한 끼니가 아니라 마음을 안정시키며 주변 상황을 제대로 인지하고 판단하도록 도와주는 좋은 약인 것이다.

밥할머니의 권위는 6·25전쟁 이후 할머니식당으로 이어졌나 보다. 손님의 지위와 눈치를 살피지 않고 할 말 다하고 소신껏 음식을 차려 낸다는 욕쟁이 할머니가 경영하는 식당 이야기는 어딜 가든 심심찮게 들을 수 있다. 그런 할머니의 차별 없는 태도와 묵은 손맛이 주는 감동이 영혼까지 치유하는 소울푸드soul food가 되곤 했다.

밥할머니가 있다면 떡할머니도 있게 마련이다. 선가禪家에는 유명한 떡할머니 이야기가 전해 온다. 『금강경』의 전문가임을 자타가 공인하는 덕산(德山, 782~865) 스님은 배가 출출해질 무렵 시장에서 떡장수 할머니를 만났다. 그 할머니는 이 바닥에서 알 만한 사람은 이미 다 알고 있는 『금강경』의 '재야 고수'였다. 고수끼리 만났으니 일합을 겨뤄야 제맛이다. 조건은 질문에 답한다면 떡을 그냥 주겠지만, 제대로 답하지 못한다면 돈을 줘도 떡을 팔지 않겠다는 것이었다. 생각지도 않던 격을 뛰어넘는 질문이 들어왔고 덕산 스님은 말문이 막혀 제대로 답변할 수 없었다. 그 바람에 쫄쫄 굶은 채 시장 바닥을 떠나야 했다.

밥할머니였다면 아무것도 묻지 않고 그 자리에서 따뜻한 한 끼를 차려 줬을 것이다. 그리고 감나무에 까치밥 남겨 두듯이 어느 때 누구든 와서 먹을 수 있도록 배려했을 것이다. 까칠함은 지혜롭지만 부드러움은 자비롭다. 때로는 지혜보다 자비가 더 감동을 주기 마련이다.

통달한 자가 석가와 노자를
어찌 구별할까

타 종교인과 격의 없이 지내는 선배가 페이스북에 식우 김수온(拭疣 金守溫, 1410~1481)에 대한 글을 올렸다. 선비와 승려가 자신을 동시에 헐뜯기에 처신하기 어렵다는 식우 선생의 푸념에 공감한 까닭이리라. 식우 선생은 생전에 유교와 불교의 조화를 추구했다. 그래서 양 진영으로부터 많은 비난을 받았다. 내 편도, 네 편도 아닌 까닭에 감당해야 할 수업료였을까.

15세기 집현전 학사 출신인 식우 선생 이야기는 몇 년 전 속리산 법주사에 머물 때 처음 들었다. 그는 조선 초 세종·세조 때 한글 창제와 불경 번역에 힘을 보탠 신미(信眉, 본명은 수성守省) 스님의 동생이다. 답은 현장에 있다는 말을 믿고 식우 선생의 묘가 있는 충북 영동을 찾아갔다. 산줄기 끝자락에 문인석과 석등 그리고 비석과 함께 규모를 갖춘 봉분이 있었다. 명당이라고 소문났는지 그 지덕地德을 입고자 뒤편으로 후대에 조성된 몇 기의 무덤까지 더해진 상태다.

묘소에서 자동차로 40분쯤 걸리는 충북 보은 땅에 있는 사당도 들렀다. 작은 면적에 키 높이 담장을 두른 소박한 세 칸짜리 건물이다. 무덤과 제법 멀리 떨어진 곳에 위치했지만 핏줄에 대한 후학들의 배려가 느껴진다. 친형인 신미 대사의 부도浮屠가 있는 법주사로 가는 길목인 까닭이다. 식우 선생은 형제간의 도타운 정을 글 몇 편으로 남겼다. "지난해 옷깃 여미며 헤어졌는데 어느 때 다시 뵐 수 있을지…."라는 시에선 진한 그리움이 묻어난다. 한문 불경을 한글로 번역하는 간경도감에서 형과 함께 일하는 기쁨도 얼마간 누렸다. 형이 열반한 이듬해 그도 흙으로 돌아간다. 앉아서 죽었다(좌탈坐脫)고 전해진다.

그의 어머니 여흥驪興 이씨는 황간 반야사般若寺에서 생을 마감했다. 만년에 사찰에 몸을 의지한 채 잠시 비구니로 살았다. 청상靑孀 시절에 남편이 불충불효죄로 파직罷職당했지만 다행히도 친정아버지 배경 덕에 자식들의 벼슬길은 막히지 않았다. 여느 어머니처럼 그도 자나 깨나 아들 걱정뿐이었다. "내가 절집에 들어왔지만 아직도 너희에 대한 번뇌를 끊지 못했다."라는 말로 유언을 대신했다. 불교식으로 화장火葬을 해야 하지만 선영에 어머니를 매장했다. 유교 국가의 재상으로서 불교 장례법을 따르려는 식우 김수온의 태도를 상하의 관료들이 맹비난했기 때문이다.

식우 선생은 내 책이건 남의 책이건 가리지 않고 읽었다. 그런데 주변에서 책 빌려주길 꺼렸다. 자기 손에 들어온 책을 되돌려 주는 법이 없었기 때문이다. 읽는 습관도 특이했다. 한 장씩 뜯어 도포 소맷자락에 넣고다니면서 외웠고 외운 뒤에는 미련 없이 버렸다. 한 권을 외우면 한 권이,열 권을 외우면 열 권이 길바닥으로 사라졌다.

한번은 집현전에 함께 살며 허물없는 사이인 신숙주(申叔舟, 1417~1475)가 『고문선古文選』●을 세종 임금께 하사받은 걸 알게 되었다. 애지중지하는책을 빌려 달라고 집요하게 물고 늘어져 결국 자기 손에 넣었다. 그런데한 달이 지나도록 감감무소식이다. 할 수 없이 김수온 집을 찾은 신숙주의눈이 휘둥그레졌다. 책은 뜯긴 채 사랑채 천장과 벽에 한 장 한 장 벽지처럼 발라져 있었기 때문이다. 게다가 그을음까지 끼어 있는 상태다. 앉으나서나 누우나 어떤 자세로 있건 외우기 위해 붙여 두었다는 진지한 설명까지 들어야 했다. 두 사람의 대조적인 표정이 눈앞에 선하게 그려진다.

책을 소유하는 게 아니라 그 내용을 소화하고자 했다. 그야말로 물고기를 잡은 후에 통발을 버린다는 득어망전得魚忘筌의 태도를 유감없이 보

● 『고문선』은 양 무제의 아들인 소명昭明 태자가 편집한 시문선집이다. 춘추시대부터 양梁대까지 131명의 대표적 작품을 수록하여 후대 과거 응시자의 교본이 되었다. 조선 서거정의 『동문선東文選』은 이 『고문선』의 체계를 따르고 있다.

한 장씩 뜯어 도포 소맷자락에 넣고 다니면서 외웠고 외운 뒤에는 미련 없이 버렸다.
한 권을 외우면 한 권이, 열 권을 외우면 열 권이 길바닥으로 사라졌다.

여 준다. 그에게 읽고 난 뒤의 책이란 강을 건넌 후에 버려야 할 뗏목일 뿐이다.

'필요 없는 군더더기는 털어 내고 닦아 낸다'는 의미로 '식우拭疣'를 별호로 삼은 것도 그 연장선상이라 하겠다. 그래서 책이 귀하고 값이 만만찮은 시절임에도 이런 행동조차 아무렇지 않게 여겼던 것이다.

그에게 책의 용도는 다양했다. 때로는 평상에 깔아 놓고 그 위에서 잠을 청하곤 했다. 침상 바닥이 차가울 때 담요를 대신한 것이다. 신문지도 필요할 때 가끔 이불이 되는 법이다. 고정된 생각의 틀을 깨면 행동의 반경도 그만큼 넓어진다고나 할까.

유학도 날 위함이요, 불교도 날 위함이다.
통달한 자가 어찌 석가와 노자의 영역을 구별하랴.

儒亦爲吾佛亦吾　達者寧分釋老區

숨고자 하나 드러난 김시습,
숨고자 하여 완전히 숨은 김선

복잡한 것을 간단하게 만드는 것은 능력이고, 묻혀 있거나 잊힌 것을 찾아내는 것은 실력이다. 쉽고 간결하게 전달하는 능력과 묻혀 있는 것을 발굴해 대중화하는 실력을 동시에 필요로 하는 시대에 살고 있다. 하긴 그것이 어찌 오늘만의 일이겠는가? 정도의 차이는 있을지언정 예전에도 크게 다르지 않았다.

일점일획一點一劃도 빼거나 더하지 말라는 불문율이 통용되는 경전이 그랬다. 60만 개 글자로 이루어진 방대한 『화엄경』을 신라의 의상(義湘, 625~702) 대사는 뛰어난 솜씨로 핵심만 추려 210자로 줄였다. 보약처럼 너무 졸였기 때문인지 다라니(呪文, 주문) 대접을 받았다.

221

보통 사람들은 영험을 기대하며 무조건 읽었다. 부적처럼 몸에 지니고 다니기도 했다. 하지만 글을 아는 이들은 붓으로 이런저런 사족을 달면서 다시 양을 늘려 갔다. 어떤 이는 소금을 넣었고 또 어떤 이는 맹물을 보탰다. 그 시간이 1,500년이다. 이런저런 많은 해설서가 나오게 된 연유이다.

생육신生六臣으로 유명한 매월당 김시습(梅月堂 金時習, 1435~1493) 선생도 그랬다. 한때 설잠雪岑이란 법명으로 승려 생활을 한 그는 1476년 서울 근교 수락산의 폭천(瀑泉, 폭포) 주변의 작은 집에 머물면서 '의상 210자'에 주해를 달고 서문까지 썼다. 까칠한 성격 탓에 다른 이의 해설이 마음에 들지 않았기 때문이다. 그런데 몇백 년의 세월이 흐르면서 전문가들 외에는 접근조차 어려운 외국 글(한문)이 되었다. 그래서 부산 금정구 범어사梵魚寺에 있는 무비(無比, 1943~) 스님이 한글 번역 작업에 나서서 『법성게 선해禪解』라는 해설서를 냈다.

이 책 출간을 기념하는 자리에 한문 고전을 좋아하는 이들이 함께했다. 원저자를 모시고 상재上梓한다면 더 큰 의미가 있을 것이라고 생각해 범어사 인근 마을 선동仙洞에 있는 상현사上賢祠를 찾았다. 그곳에 있는 매월당 설잠 스님 영정 앞에 책 간행을 고하고 한글본을 올렸다.

그런데 알고 보니 상현사의 실제 주인은 북계 김선(北溪 金璿) 선생이다. "생육신 김시습은 드러났으나 북계 선생은 사라졌네(六臣顯 北溪晦)."라는 김홍락(金鴻洛, 1863~1933) 후학의 탄식처럼 그는 가까운 친·인척을 제외하고는 별로 아는 이가 없는 묻힌 인물이다. 생몰 연대조차 불분명하다. 보여 주기 위한 은둔이 아닌 진정한 은둔의 결과일 수 있겠다. 그래서 남들에게 소개할 때 매월당 사촌 형의 아들이라고 하는 편이 훨씬 더 쉬워 보인다. 자리를 함께했던 모두에게도 오늘 이후로 김시습의 오촌 조카로만 기억에 남을 것 같다.

선비 김선은 조선 세조의 정치적 부당함에 항거해 벼슬을 버리고 이 터를 찾아 은거했다. 단종 임금을 향한 일편단심으로 창문을 북쪽으로 내고 강원도 영월 방향을 향해 아침저녁으로 문안 인사를 드리면서 스스로 북계 처사(處士, 은둔한 선비)라고 불렀다. 한 줄기 맑은 시내가 북에서 남으로 흐르면서 구슬이 흩어지고 옥을 내뿜는 것 같다는 이 계곡 주변을 산책하고 때로는 책을 읽으며 시간을 보냈다.

북北과 계溪라는 글자는 '연북(戀北, 북쪽을 사모함)', '퇴계(退溪, 계곡으로 물러남)'라는 단어에서 보듯 글자 자체가 은둔이라는 이미지로 가득하다. 신선처럼 산다는 동네 이름 선동仙洞도 마찬가지다. 생육신은 숨고자 했지만 오히려 드러났고, 북계 선생은 숨고자 하여 숨었으니 숨김으로써 완전히 그 뜻을 이룬 셈이다.

핏줄은 언제나 내 편이다. 없어진 정자도, 사당도 복원하고 잊힌 어른도 기억하고 묻힌 인물도 기어코 찾아내는 힘이 있다. 북계 선생을 김시습과 다름없는 생육신으로 선양했다. 은둔 후 행적을 완전히 숨겼다는 점에선 오히려 사육신死六臣에 버금가는 인물일 것이다. 이 땅의 어디서나 볼 수 있는 흔한 작은 계곡이지만 많은 시문을 통해 의미를 부여했고 세 칸짜리 소박한 집을 복원하면서 기문記文으로 당신의 지조를 세상에 알렸던 것이다.

나오는 길에 잠시 은둔객이 되어 정원을 감상하며 차를 마셨다. 더불어 창문 너머 숨어 있는 북계의 아름다움을 『상현당기上賢堂記』(김홍락, 1925) ◦ 를 통해 그 시절까지 음미했다.

바람이 불 때마다 아름다운 비단 무늬가 생기고
해 질 무렵 저녁노을이 금빛처럼 튀어 오르는 곳.

每風噓而錦紋生　日沐而金光躍者

◦　김홍락(金鴻洛, 1863~1933)은 의성 김씨 집안 출신이며 서산 김홍락(西山 金興洛) 선생의 제자이다. 뛰어난 문장으로 경상도 일원에 많은 글을 남겼다.

다리 밑에서 하룻밤을 묵다

옛 우리 문헌에 의하면 정월 대보름(음력 1월 15일) 달밤 청계천의 광통교·수표교 등에는 한양 도성의 청춘 남녀가 몰려 나와 다리밟기 인파로 가득했다고 한다. 오늘 다리(橋)를 밟으면 일 년 내내 다리(脚)가 건강해진다는 세시풍속을 따른 것이다. 명분이야 그렇지만 그 이면에는 선남선녀를 이어 주는 자연스러운 기회를 제공한다는 실리가 한몫했다. '썸을 타고' 이어서 올드 팝송 가사처럼 "그대 위해 험한 세상의 다리가 되어 그대를 지키리."라는 약속을 다짐하는 장소였기 때문이다.

사실 다리는 이어 주기가 목적이다. 베트남 다낭에서 멀지 않은 호이안 세계문화유산 마을에서 내원교來遠橋를 만났다. 돌기둥 위에 목재로 상판을 만들고 기와로 지붕을 올린, 길이가 20미터가량 되는 누마루형 다리다. 서로 껄끄럽게 지내던 일본인 거주지와 중국인 거주지를 이어 주기 위해 1593년 건설했다고 한다. 오랜 역사를 가진 국제적인 무역항답게 거주민의 안녕은 물론, 배를 타고 오가는 먼 나라 사람들의 안전 항해를 기원하는 사당까지 함께 건립했다. 다리를 통해 양쪽을 오가는 일본·중국·베트남 사람뿐만 아니라 바다를 건너가는 외국 사람까지 연결한 것이다.

만들어진 다리는 늘 그 자리에 있다. 하지만 이용하는 사람은 지나갈 때만 잠깐 편리함을 누리는 순간의 공간이다. 부득이한 사정으로 다리에서 오래 머물러야 한다면 그 당사자는 사실 '좋은 상태'가 아닌 것이다. 당나라 현종 시절에 장계張繼라는 유생이 과거에 낙방한 뒤 고향으로 돌아오는 길에 다리 곁에서 하룻밤을 묵게 되었다. 그 참담한 심경을 「풍교야박(楓橋夜泊, 풍교 곁에서 밤을 새우다)」이라는 글로 남겼다.

달이 지니 까마귀 울고 하늘 가득히 서리 내리는데
강가의 단풍과 고깃배 불빛을 바라보며 시름 속에서 잠을 청하는구나.
고소성 밖 한산사에서
한밤중에 울리는 종소리는 나그네가 묵고 있는 뱃전까지 들려오네.

月落烏啼霜滿天　江楓漁火對愁眠

姑蘇城外寒山寺　夜半鍾聲到客船

이 시는 과거 급제에 '올인all in'해야 하는 동아시아의 수많은 고시생 젊은
이에게 공감과 함께 위로를 주었다. 본래 국가고시란 합격한 사람보다 떨
어지는 사람 숫자가 압도적으로 많은 시험이기 때문이다. 급기야 생몰 연
대조차 제대로 알 수 없던 이름 없는 유생을 일거에 대문호 반열에 올려
놓았다. 청나라 강희제는 이 시를 너무 좋아한 나머지 풍교로 친히 찾아왔
다고 한다. 그뿐만 아니라 풍교라는 다리 이름이 근처의 유명 사찰보다 더
알려지면서 남송 시절에는 한산사寒山寺를 한때 풍교사로 불렀던 적도 있
었다. 좋은 시 한 편의 전방위적 영향력을 상징적으로 보여 준 셈이다.

　　강소(江蘇, 장쑤)성 소주(蘇州, 쑤저우) 한산사 입구에 있는 풍교는 강남 지
방과 북경(北京, 베이징)을 잇는 운하 위에 걸려 있다. 장계가 다녀간 이후 무
너지고 다시 만들기를 반복하며 오늘까지 이어진다. 그뿐만 아니라 이런
저런 이유로 몇 번씩 없어진 한산사 범종도 이 시 때문에 복원되어 옛 종
소리의 맥을 이어 갔다. 많은 서예가가 시대를 달리하며 이 시를 인근 여
기저기 새겼고, 그 탁본은 인기 관광 상품이 되어 옛사람과 현대인을 이어
주는 다리 노릇까지 하고 있다. 그 옛날 다리 아래 뱃전에서 하룻밤 묵었
던 인연이 일천 수백 년 세월 동안 저자와 독자를 이어 주는 모양 없는 영
원한 다리가 된 것이다.

한국 수묵화 대가의
아틀리에에서

같은 사무실에서 근무했던 E스님에게 한국 수묵화의 대가인 김호석(1957~) 화백이 들렀다. 김 화백은 혼자 오는 경우는 별로 없고 늘 각계각층의 다양한 인물들과 함께 무리지어 나타나곤 한다. 비좁은 자리지만 억지로 밀고 들어가 합석하여 이런저런 이야기를 귀동냥으로 듣는 재미가 쏠쏠하다. 『화엄경』에서 말하는 "청하지 않아도 가야 할 자리라면 알아서 간다." 는 불청지우不請之友를 자청하는 것은 야사野史를 들을 수 있는 좋은 기회이기 때문이다.

　　요즘 제주도에서 전시회를 하고 있단다. 법전(法傳, 1926~2014, 조계종 11대·12대 종정) 스님을 모델로 한 수묵화도 출품했다고 한다. 줄곧 애용하던 먹이 아니라 목탄을 사용해서 수묵화 형식을 빌려 그린 작품이라고 운을 뗀 후, 목탄 수묵화를 사진으로 보여 주었다. 40대 시절의 앞모습 한 점과 60대 무렵의 뒷모습 두 점이다. 서 있는 앞모습을 그릴 때는 여백 부분에 검은 칠을 덧대어 그 강직함을 드러내는 효과를 얻고자 했다. 뭐든지 새로운 방식을 도입한다는 것은 그 자체로 실험작이 된다는 뜻이다. 물론 그 의미는 적지 않지만 다른 한편으로는 모험이기도 하다.

제주도 전시를 위해 제작한 화보를 대충 훑었다. 의외로 뒷모습을 묘사한 그림이 많다. 진짜 미인은 뒤태까지 미인이라고 했던가. 보는 이에게 호기심과 상상력을 불러일으키게 만든다. 뒷모습을 그린 윤곽선만 봐도 누구라는 것을 짐작게 하는 솜씨가 문외한의 눈에도 예사롭지 않다.

스승은 '절구통 수좌'였다. 한번 앉으면 꿈적도 않고 참선에 몰입하기 때문에 주변에서 붙여 준 별명이다. 그러나 화백의 해석은 달랐다. 절구질을 하면 안에 있는 알갱이도 밖으로 튀어나오기 마련이다. 그것을 쪼아먹으려고 참새가 주변에 모인다. 그것이 당신 주위에 사람을 모을 수 있는 힘이 되었다는 것을 좌선하는 뒷모습을 통해 표현하고 싶었다고 술회했다. 절구통에 대한 작가의 또 다른 후덕한 해석이다.

그날의 인연으로 며칠 뒤 작업실까지 찾게 되었다. 아파트 상가 3층이다. 계단을 따라 한참 올라갔다. 복도 끝에서 꺾어지는 지점에 자리를 잡았다. 문 앞에는 용도를 짐작할 수 없는 화분용 의자 두 개가 수문장처럼 지키고 있다. 그 옆에는 표구까지 끝난 액자 두 점이 포장된 상태로 등짝을 드러낸 채 벽을 기대고 서 있다. 화실은 석고상, 화선지, 벼루, 먹, 붓 등이 무질서 속에서 나름의 질서를 유지한 공간이었다. 미세먼지를 대신한 종이 먼지가 폴폴 날리는 탁자 주변에 빙 둘러 앉아 두런두런 이야기꽃을 피웠다. 목탄 그림을 고칠 때 식빵을 사용한다는 이야기를 들은 기억이 갑자기 떠올라 사실 여부를 물었더니 요새 식빵은 기름기가 많아 지우개로 쓸 수 없다는 대답이 돌아온다. 인물화 작업을 하다가 필요하면 생가에 가서 흙을 가져와 물감에 섞기도 했다. 쥐의 수염 혹은 노루 겨드랑이 털을 뽑아서 붓을 만들기도 하고, 거친 느낌이 필요할 때는 칡으로 만든 붓인 갈필도 사용했다. 삶 그대로가 이야기 보따리였다.

어쨌거나 이 자리에 둥지를 틀고 난 뒤 오랜 세월 동안 수백 점의 작품과 수십 번의 전시회를 성공리에 치러 냈다. 작가에게 나름의 명당인지라 한두 마디 언어 속에서 이 공간에 대한 애정이 알게 모르게 뚝뚝 묻어난다. 부탁받은 인물화의 마무리 작업에 여념이 없다. 솜씨가 무르익은 시기의 작품을 접한 어떤 이는 "오도자(吳道子, 680~759)에 버금가는 솜씨"라는 찬탄 문자까지 보냈다고 하면서 민망한 일이라고 낯빛을 붉혔다.

수묵화의 원조는 당나라 화성畫聖으로 불리는 오도자다. 궁궐과 절집에 많은 그림을 남겼다. 당나라 때 미인의 대명사로 불리는 양귀비의 정인情人인 현종玄宗 시대에 활동한 인물이다. 이름을 날리기 전에도 그의 재주를 엿볼 수 있는 일화가 전한다. 잠시 포도청에서 하급관리를 지낼 때 일이다. 그의 작품인 수배자 그림으로 방榜을 붙인 덕분에 현상금까지 걸린 도둑을 잡을 수 있었다. 또 화가로서 명망을 떨칠 무렵 임금의 부탁으로 궁궐에 다섯 마리 용을 그렸다. 용은 마치 살아 있는 것 같았으며 비가 오려고 흐린 날이면 그림에서 안개구름이 뭉게뭉게 피어났다고 한다.

선어록을 읽다가 오도자를 만났다. 그림이 아니라 글자를 통해 그 이름 석 자를 만난 것이다. 당송 시절을 풍미했던 선사들의 대화 속에 "그림은 오도자가 제일"라는 말이 종종 나오는 까닭이다. 당시에 유행하던 수묵으로 그린 관세음보살상 가운데 오도자 작품이 가장 뛰어났다. 충북 청주에서 출판된 최고最古의 금속활자본 『직지』에는 "오도자의 관음상은 그 자체로 사찰이다."라고 하는, 양산 연관梁山緣觀과 대양 경현(大陽警玄, 943~1027)이 나눈 작품평이 실려 있을 정도다.

명품 성화聖畫는 많은 사람들이 찾기 마련이다. 물론 인물화에 국한된 것은 아니다. 신라의 솔거率居가 경주에 있는 사찰 벽에 그렸다는 소나무 역시 성화 대접을 받았다. 사람뿐만 아니라 참새까지 찾아왔기 때문이다. 별다른 삶의 흔적을 남기지 않고 이름만 전하는 송나라 영안永安 선사가 남긴 유일한 선문답이 '소나무 그림'이다. 물론 선사의 소나무와 솔거의 소나무가 동일한 소나무라는 근거는 없다. 또 다른 소나무라는 증거도 없다.

오도자, 〈송자천왕도(送子天王圖)〉

"달마가 동쪽으로 간 까닭은 무엇입니까?"
"벽 위에 마른 소나무를 그려 놓으니 벌들이 앞다투며 꽃술을 모
으는구나."

영안 선사가 과연 중국에서 경주까지 왔을까? 그림 마니아라면 오지 못할
이유도 없겠지.

출출하면 밥을 먹고
피곤하면 눈을 붙인다

장거리 이동이 잦은 생활이다. 도시와 도시 사이를 오가는 경우도 더러 있지만 절집의 지정학적 특성상 도시와 시골 혹은 산골과 오지 사이를 이동할 일이 더 많다. 결국 대중교통보다는 자가운전으로 이동하는 빈도수가 더 높을 수밖에 없다. 휴게소도 습관처럼 늘 같은 곳을 이용한다. 익숙한 것이 편하기 때문이다. 사람 마음은 다 비슷한 모양이다. 모두가 늘 붐비는 곳만 찾는다. 그러다 보면 주말이나 성수기에는 휴게소에서 지체하는 시간이 길어진다. 따라서 길 위에 머무는 시간을 줄이는 지혜도 필요하다. 길이 막혀 예정 시간을 초과하거나 혹은 빨리 목적지에 가야 할 경우 휴게소보다 졸음쉼터를 더 선호하게 되었다. 무엇보다 주차 공간과 화장실 사이가 매우 가깝다. 거의 붙어 있다시피 하므로 1차 목적을 신속하게 달성할 수 있다. 그리고 하지 않아도 되는 불필요한 시간 소비는 저절로 생략되기 때문이다.

졸음쉼터는 휴게소와 휴게소 사이가 먼 구간에 설치한 간이 휴게소다. 이름 그대로 졸음을 이기지 못한 운전자를 위한 임시 공간이다. 졸음 운전으로 인한 교통사고를 줄이기 위한 묘책인 셈이다. 설치 효과가 괜찮았는지 여기저기 많이 생겼다. 갓길을 조금 넓힌 정도로 비좁긴 해도 정말 요긴한 곳이다. 졸음 운전은 절대로 안 된다는 무언의 압력과 함께 운전자에 대한 배려심을 동시에 느끼게 된다. 게다가 읽기만 해도 잠이 확 달아나는 "졸음 운전의 종착지는 이 세상이 아닙니다.", "졸음 운전, 모든 것을 잃을 수 있습니다."라는 협박성(?) 경고문까지 군데군데 걸어 놓았다.

언젠가 심야 장거리 운전을 하다가 들른 졸음쉼터에서 그대로 잠이 들었다. 눈을 뜨니 차창 밖이 훤하다. 차 안에서 아침을 맞이한 것이다. 본의 아니게 '차박'을 했다. 장거리 운전을 하다 보면 때로는 이런 돌발상황도 감수해야 할 것이다. 또 여유롭게 지방도로를 지나다 보면 가십거리가 될 만한 현장을 만나는 의외의 소득도 얻는다.

남한강 양평 지역에는 강상면과 강하면이 있다. 강 위쪽 마을, 강 아래쪽 마을이라는 단순한 의미다. 그럼에도 강하면 지역 주민들은 하下를 '아래' 혹은 '낮다'는 뜻으로 받아들인 모양이다. 그래서 주민들에게 '강남면'으로 지명을 바꾸기 위한 서명 운동을 독려하는 현수막을 내걸었다. 하긴 강하보다는 강남이 훨씬 '있어' 보이기는 한다. 서울 강남 이미지도 은 연중에 빌릴 수도 있겠다.

영월의 하동면下東面은 2009년 김삿갓면으로 이름을 바꾸었다. 이 지역에 조선 시대 전설적인 방랑시인 김병연(金炳淵, 1807~1863)의 무덤이 있기 때문이다. 내친김에 관내 서면西面도 한반도면으로 지명을 변경했다. 평창 강이 선암마을 주변을 휘감아 돌면서 자연스럽게 만들어 낸 한반도 모양의 지형을 따 동네 이름으로 삼았다. 관광객 유치에 도움이 된다는 지역 주민의 현실적 공감대 위에서 별로 무리하지 않고 개명한 경우라 하겠다. 강원도에 연고를 둔 동행인은 이러한 지역의 저간 사정까지 곁들인 세세한 설명을 보태면서 여행의 재미를 더해 준다.

정선 땅에서 가리왕산을 만났다. 우리나라에서 10위권 안에 들어간다는 높이와 개성 있는 이름을 가진 산이다. 가리왕은 천년 스테디셀러인 『금강경』에 나오는 인물인지라 매우 익숙한 이름이다. 잘 팔리는 좋은 경전이라고 착한 사람만 등장하는 것은 아니다. 그는 시기와 질투가 많고 성격마저 포악한 임금이었다. 살다 보면 그런 유형의 인간들을 더러 접하기 마련이다. 그때는 피하는 게 상책이겠다. 그런데 수천 년 전 인도에 살았다는 가리왕을 대한민국 강원도 산골에서 만나니 두려움이 아니라 의아함이 먼저 일어난다. 그야말로 요즈음 유행어로 "네가 왜 거기서 나와!"라는 말이 딱 어울리는 경우라고 이구동성으로 입방아를 찧었다. 하긴 지명이라고 하는 것은 다 그만한 사연이 있기 마련이다. 알고 보니 인도의 가리왕이 아니라 그 옛날 영서 지방을 기반으로 한 작은 부족 국가인 맥貊의 갈왕葛王이었다. 갈왕은 언제부턴가 가리왕으로 불리었다. 그 산 북쪽 골짜기에는 대궐터까지 남아 있다고 전한다.

그 시대는 영토 전쟁이 생활의 일부였다. 갈왕 역시 그랬다. 거듭되는 전쟁으로 인하여 피로가 누적되자 널따란 바위 아래에서 몸을 기댄 채 그대로 잠이 들었다. 뒷날 그 바위는 숙암(宿岩, 왕이 하룻밤 묵은 바위)이 되었고, 그 마을은 숙암리宿岩里로 불리었다. 하지만 도로명 주소는 이런 역사까지 담아 낼 수 없다는 한계를 지닌다. 지친 왕을 품어 주었던 큰 바위 숙암에서 착안한 '잠'과 '쉼'을 콘셉트로 하는 호텔형 힐링센터가 몇 년 전 인근에 들어섰다. 프랑스어로 바위라는 의미의 '로쉬roche'를 상호로 사용했다. 그렇게 지역이 가지는 역사의 의미는 또 다른 방식으로 이어진 것이다. 장소성과 역사성을 되살리는 것은 그 지역의 인문학적 자산을 풍요롭게 만드는 창조적 작업이기도 하다.

피곤한 사람에게 길은 멀고 잠 못 드는 이에겐 밤은 길다. 이동 중인차 안이건 전쟁 와중의 바위 밑이건 눈꺼풀이 무거우면 쪽잠이라도 자야한다. 그래야 나그네는 다시 길을 떠날 수 있고 왕은 또 싸움터로 나갈 수있기 때문이다. 하긴 인생은 그 자체로 전쟁터다. 그래서 누구나 쉼이 필요한 것이다. 올해 휴가철에는 코로나19의 영향으로 해외 여행이 어려운 지라 나라 안의 휴게소와 졸음쉼터가 엄청 붐볐다. 그 붐비는 대열에 승복 입은 한 사람을 더 추가했다.

송나라 야보冶父 선사도 『금강경』을 읽다 말고 본문 곁에 한 줄 시를 낙서처럼 남긴 뒤 길을 떠났나 보다.

출출하면 (휴게소에서) 밥을 먹고
피곤하면 (졸음쉼터에서) 눈을 붙인다.

飢則湌　困則睡

검소하되 누추하지 않고
화려하나 사치스럽지 않은

조선 개국 후 60여 년 만에 일어난 정변으로 인하여 단종과 세조의 왕위 교체가 있었다. 그 과정에서 조정의 신료들은 새로운 왕의 등장에 대한 지지파와 반대파로 갈라졌다. 그리고 반대파는 적극적 반대파인 사육신死六臣과 소극적 반대파인 생육신生六臣으로 나누어졌다. 이러한 혼란의 현실 앞에서 절망한 어계 조려(漁溪 趙旅, 1420~1489) 선생은 한양을 등 뒤로 한 채 홀연히 낙향하여 은둔함으로써 생육신의 명단에 이름을 올렸다.

선생께서 강원도 영월 청령포의 단종 빈소로 문상을 갔다. 먼 거리를 다닐 때는 가끔 승복으로 위장을 했다고 한다. 이때도 아마 남의 눈을 피하기 위해 그렇게 변복했을 것으로 짐작된다. 하지만 도착 후 동강을 건널 방법이 없었다. 발을 동동 구르며 이런저런 궁리를 하는데 느닷없이 호랑이가 나타났다. 호랑이의 도움으로 무사히 강물을 건널 수 있었다. 이런 전설까지 안고 있는 어계 선생의 고택을 찾았다. 생각보다 더 소박했다. 문간 행랑채와 본채 그리고 사당이 전부였다. 마당의 은행나무만 장대하다.

고택에서 멀지 않은 곳에 자리 잡은 서산서원西山書院은 생육신을 모시기 위해 1703년 건립했다. 10년 후 나라의 공식적 인가를 받은 사액서원이 되었다. 하지만 1871년 대원군의 서원철폐령으로 훼철되었다가 1984년 동리 유지들과 조려의 후손들이 힘을 모아 복원하였다. 6인의 중심은 어계 선생이었다. 조려의 후손들이 대다수인 지역 사회 최대 문중인 함안 조씨의 영향력 때문이다.

서산서원의 서산西山이란 명칭은 백이伯夷와 숙제叔齊가 수양산에 머물면서 오직 고사리로써 생명을 부지하며 읊었다는 「채미가采薇歌」의 첫 구절인 "저 서산에 올라 고사리를 캐네(登彼西山兮 采其薇矣)."라고 한 것에서 기원한다. 공자와 맹자도 백이와 숙제의 절개를 높이 평가했고 사마천은 그들의 행적을 『사기열전』 권1에 수록했다. 뒷날 중국의 '청성(清聖, 역대 은둔자 가운데 최고의 성인)'으로 불렸다. 어계 선생이 추구하고자 하는 이상형 인물인지라 후손들은 그 뜻을 받들고자 근처 산 이름까지 백이봉, 숙제봉으로 바꾸어 불렀다.

다시 내비게이션에 '무진정'을 입력했다. 군북면에서 함안면으로 행정 구역이 바뀌면서 바깥 경치도 수시로 달라진다. 얼마 후 이정표가 나타났다. 호수공원이 한눈에 들어온다. 안내문 말미에는 "사진작가들에게 사계절 촬영지로 이름이 높고 신혼부부들의 웨딩 포토의 무대로 인기가 많다."고 써놓았다. 이 정원의 전체적인 설계자인 조삼(趙蔘, 1473~1544)은 어계 선생의 손자다. 은둔형인 할아버지는 검소와 절제를 미덕으로 삼고서 있는 그대로 자연의 품에 당신의 몸을 맡겼다. 하지만 손자는 달랐다. 다섯 고을의 군수를 역임한 뒤 정쟁을 피하기 위해 자발적인 은퇴를 선택한 후 은둔 자체를 즐겼다.

조삼 선생은 터를 보는 눈이 뛰어났다. 늘 주변 경관까지 함께 살피는 안목을 지닌 인물이다. 작은 정자였지만 주변 경관이 더해지면서 훤출한 건물이 되었다. 많은 사람이 오가는 길목인데도 번다하지 않은 자리였다. 정자를 높은 언덕 우뚝한 곳에 보란 듯이 세웠다. 예사롭지 않은 주변 풍광에 더하여 벽오동과 노송이 가득한 언덕에 길을 내고 꽃나무를 심고 집터를 가꾸었다. 연못은 세 개의 섬을 만들 수 있을 만큼 넓었다. 섬 안에 심은 나무도 세월이 흐르면서 아름드리로 자랐고 뒷날 다리를 놓아 서로 연결하면서 관광의 격을 더욱 높였다. 정자를 포함한 이 호수 일대가 모두 무진정 無盡亭이 되었다. 1542년 주세붕(周世鵬, 1495~1554)이 지은 「무진정기 無盡亭記」에서는 "정자의 경치도 무진하고 선생의 즐거움 또한 무진하다."고 찬탄했다. 어쨌거나 그 이름에 걸맞게 봄·여름·가을·겨울 사계절을 달리하며 무진의 모습을 여러 가지로 연출했다. 무진은 많다는 뜻이다. 하지만 걱정거리인 번뇌는 많아서 좋을 게 없다. 그래서 항상 '번뇌무진서원 단煩惱無盡誓願斷'이라는 자기 다짐을 해야 한다. 수시로 일어나는 번뇌를 그때 그때마다 잘 다스리겠다는 각오이기도 하다.

조삼은 조경과 건축의 대가인 동시에 '독서삼매'의 책벌레였다. 새벽부터 책 읽기에 여념이 없던 어느 날 심부름하는 이가 아침을 차려 왔다. 밥상이 들어온 줄도 모르고 글만 읽었다. 한참 후에 할 수 없이 밥상을 내갔다. 점심상도 마찬가지였다. 해가 질 무렵 허기가 밀려오자 그제서야 아침밥상(?)을 차리라고 부엌에 재촉했다. 저녁밥상을 들고 온 이가 자초지종을 말하자 선생은 크게 웃었다. 식사 후 다시 밤이 깊어질 때까지 책을 읽었다. 무진정 주련에는 그 일을 짐작케 하는 시가 걸려 있다.

여섯 종류 경전을 공부하다가 먹는 것도 잊으니
위아래 구름 그림자가 하늘빛이 되었네.
맑은 바람과 밝은 달을 보내고 맞이하면서도
또한 마땅히 백성과 나라를 먼저 걱정하네.

六經咀嚼忘食　　上下雲影天光
送迎淸風明月　　亦當民國先憂

공간이란 자기의 또 다른 표현 수단이다. 그래서 어계의 공간과 조삼의 공간은 다를 수밖에 없다. 할아버지와 손자라는 세대 차이는 말할 것도 없지만 개인의 가치관과 성정도 건축에 영향을 미치기 마련이다. 어계 고택은 소박미와 절제미의 압축판이고, 무진정과 그 일대의 정원은 적극적인 자기표현의 결정판이라 하겠다. '검이불루儉而不陋 화이불치華而不侈'라고 했던가. 어계 고택은 검소하지만 누추하지 않았고 무진정의 조경은 화려했지만 정자까지 사치스럽지는 않았다.

비록 땅 위에 살지만
날개를 잊지 말라

산책길에서 목줄을 길게 맨 처음 만난 백구가 먼저 아는 척하면서 꼬리를 흔들며 다가온다. 손을 내밀어 머리와 주둥이를 쓰다듬어 주었다. 덩치를 보니 방에서 키울 만한 크기는 아니다. 털에 때가 묻어 있는 걸로 봐서 단독주택의 '마당 출신'으로 보인다. 서로 안면을 익히자마자 견공은 언제 봤냐는 듯이 안면몰수하고 주인이 가는 방향을 따라 몸을 돌리더니 골목길로 총총히 사라진다.

자주 마주치는 작은 멍멍이 두 마리는 멀리서 나를 발견하고는 환한 표정을 지으며 달려온다. 덕분에 면식 없는 주인과도 자연스럽게 말을 섞게 된다. 미국에서부터 키우던 개라고 했다. 그동안 키운 정 때문에 남의 나라에 버리고 올 수가 없어 데리고 왔다는 것이다. 하지만 통관 과정이 매우 까다로웠다. 검역을 대비하여 방역 주사를 맞혀야 하는 절차가 뒤따랐다. 그런데 그 비용이 만만찮았다. 게다가 비행기 운송비까지 더해졌다. 많은 지출 이후에야 비로소 한국 땅을 밟을 수 있었다. 이 녀석들이 산책을 좋아하는 까닭에 주인장은 집 밖으로 나오기 싫은 날도 할 수 없이 따라 나오게 된다고 한다. 덕분에 억지로라도 운동할 수 있는 기회를 만들어 주니 그것도 덤으로 얻는 고마움이다.

가만히 살펴보니 산책길에서 가장 행복한 표정을 짓는 부류는 반려견들이다. 이제 찬바람이 불기 시작한 탓인지 만나는 개들마다 대부분 갖가지 디자인으로 장식한 옷을 입혔다. 모자까지 쓴 녀석도 있다. 강아지를 유모차에 태우고서 그것을 밀면서 산책하는 어르신도 보인다. 눈길의 방향을 돌리니 담장에는 못 보던 A4용지가 붙어 있다. '개를 찾습니다'라는 벽보였다. 사례금도 걸려 있고 동물병원에 입원이 예약되어 있다는 사족까지 달았다. 꼭 찾고야 말겠다는 간절함이 절절히 묻어난다. 또 맹견은 입마개를 하고 용변은 반드시 치우라는 산책 지침서도 군데군데 보인다.

비둘기에게 먹이를 주지 말라는 경고문도 걸려 있다. 그런 행동은 사랑이 아니라 결과적으로 학대라는 부연 설명까지 한 줄 더 붙였다. 스스로 먹이를 찾는 건강한 생태계의 일원이 될 수 있도록 도와 달라고 당부한다. 언제부턴가 비둘기가 제대로 날지도 못할 만큼 피둥피둥 살이 쪘다. 그래서 '닭둘기'라고 놀리듯이 부른다. 하지만 알고 보면 닭도 처음부터 그랬던 것은 아니었다. 잘 날아다녔지만 땅 위에서 맛있는 것을 너무 많이 먹다 보니 몸이 무거워져 날지 못하게 된 것이다. 그리하여 날짐승이 아니라 길짐 승으로 아예 편안하게 정착했다. 하지만 목숨이 위태로워질 정도가 되면 가끔 옛날 실력을 발휘하곤 한다. 위해를 가하려고 쫓아오는 개의 위험을 피하기 위해 퍼더덕 소리를 내며 날아서 지붕 위로 피신했다. 그래서 '닭 쫓 던 개 지붕 쳐다보듯'이라는 속담이 나온 것이다.

사람도 본래 날아다녔다고 한다. 그때는 신선들과 함께 놀았을 것이 다. 하지만 음식을 절제하지 못하는 바람에 몸이 무거워져 날지 못하게 되 었다고 한다. '광음천자생인간(光音天子生人間, 광음천자가 인간 세상에서 살다)'이라 는 신화에서 그 일단을 엿보게 된다. 광음천光音天이라는 하늘 세계에 살고 있던 신선들이 인간세계로 나들이를 왔다. 그런데 땅 위에는 맛있는 음식 이 너무 많았다. 대지의 비옥한 음식을 절제하지 못하고 탐욕을 부린 신선 들은 결국 몸이 무거워져 다시는 자기가 살던 곳으로 날아가지 못하고 땅 위에 눌러앉게 되었다는 이야기다.

어디 신선뿐이랴. 인간 세상도 지금보다 몸이 더 무거워지면 곤란해 진다. 그렇게 되기 전에 '누우면 죽고 걸으면 산다'는 말을 좌우명 삼아 자 주자주 걸어야 할 것이다. 어쩌다 보니 날아다니는 것은 잊어버렸지만 음 식 때문에 걷는 것조차 잊고서 누워 있을 수는 더더욱 없기 때문이다. 규

칙적으로 자주 걸어 주면 아침에 일어날 때 '날아갈 것처럼 몸이 가뿐한' 신분 상승의 새 세상을 만날 수 있을 것이라고 믿고서 오늘도 산책객들은 비장한 표정으로 열심히 걷고 있다.

집 안에는 인간과 가축이 함께 살고 있다. 아무리 '가족'이라고 해도 개는 개고, 사람은 사람이다. 사람은 자기 손으로 먹이를 구하지만 가축은 남의 힘을 빌려 먹이를 얻어야 하기 때문이다. 그래서 기를 축畜 자를 가져와서 축생畜生이라고 부른다. 만약 사람도 음식을 절제하지 못하고 그로 인하여 눕는 일이 생긴다면 결국 남의 힘을 빌리게 된다. 신선 세계에서 내려와 음식 때문에 인간 세계에 살다가 다시 축생 세계까지 다녀와야 할지도 모른다.

돌아오는 길에 야생오리를 만났다. 차가운 계곡물의 추위에도 아랑곳없이 자맥질을 통해 자기 먹이를 스스로 구하면서도 유유히 물 위에서 여유를 만끽하고 있다. 물론 다리 부분은 한없이 바쁘긴 하다. 피곤하면 잠시 땅과 바위 위에서 휴식을 한다. 본격적으로 겨울이 오면 물이 얼 것이고 먹이 구하기는 더욱 어렵겠지만 그마저도 기꺼이 감수할 것이다. 마지막에는 어쩔 수 없이 따뜻한 지방으로 날갯짓을 해서 이동하겠지. 비록 땅위에 살고 있지만 결코 날아다니는 것을 잊어버린 적이 없다. 땅 위에 살면서 음식을 과하게 먹어 몸을 무겁게 만들지도 않는다. 하늘과 땅과 물을 함께 아우를 수 있는 절제된 삶의 모습 속에서 많은 것을 배우게 된다. 편안한 삶이라는 집오리의 길을 거부하고 힘든 야생오리의 길을 기꺼이 선택했다. 사료를 먹는 가축이 되면 그 순간 축생 세계로 떨어지고 그것이 바로 '신분 하락'임을 이미 알고 있는 까닭이다.

촉석루에 앉은 세 장사

안동 지역의 종가 순례 마지막 목적지는 학봉 김성일(鶴峰 金誠一, 1538~1593)
선생 종택이다. 대문 앞에서 우리를 기다리고 있는 어른의 모습이 버스 차
창 너머로 설핏 보인다. 한복 두루마기 정장 차림이 주는 무게감에는 종손
의 포스가 그대로 드러난다. 중후한 모습과 우렁우렁한 목소리는 가풍의
한 자락을 느끼기에 충분하다. 전국 종가를 통틀어 가장 많은 가보를 소장
하고 있다는 말씀 속에는 후손으로서 자부심이 가득하다. 학봉 종손은 관
찰사(도지사)에 버금가는 의전儀典이 뒤따랐다고 할 만큼 지역 사회에서 의
성 김씨 가세는 만만찮다. 당신 역시 사당에 오를 때는 마당에서 신발을
벗고 버선발로 계단을 한 칸 한 칸 오르는 최상의 예의를 갖추었다.

학봉 선생을 상징하는 한마디는 '올곧음'이다. 원칙주의 앞에는 누구건 어떤 경우건 예외가 없었다. 설사 임금 앞이라고 할지라도 직언을 서슴지 않았다. 그래서 붙은 별명이 전상호(殿上虎, 대궐의 호랑이)다. 동시에 의례에도 밝았다. 일본 정세를 살피러 갔을 때도 조선 의례라는 원칙에 충실했다. "간파쿠(관백關伯, 도요토미 히데요시를 지칭)는 왕이 아니므로 뜰에서 큰절을 하는 것은 예의가 아니다."라고 했고, 기타 의전에도 절차와 원칙에 '지나치게' 집착했다고 전한다. 고니시 유키나가(小西行長, 임진란 때 왜군의 선봉장)의 통역관인 요시라要時羅는 "김성일은 절의節義 때문에 (전쟁을 준비하는 일본의) 형세를 두루 살피지 않았다."고 평할 정도였다. ● 그런 허물에도 불구하고 늘 백성 편에서 말을 아끼지 않았기 때문에 민심을 모으는 데 가장 적합한 인물이기도 했다. 임진란이 발발하자 경상우도에서 의병을 모집하는 임시 직책인 초유사超諭使로 임명된 것도 (정치적 이유를 제외하면) 그 바탕에는 민심의 지지라는 그가 가진 무형의 자산이 있었기 때문이다. 진주성에 도착했을 때 이미 성 안은 텅 빈 상태였다. 의기투합한 인근 지역의 군수와 현감 2인마저 이런 현실 앞에서 "남강으로 몸을 던지자."고 할 정도였다. 그럼에도 불구

● "어느 날 직접 만나 보니 김성일은 "난들 또한 어찌 왜적이 끝내 오지 않을 것이라고 말할 수야 있겠습니까. 그러나 황윤길의 말이 너무 지나쳐서 마치 왜적이 우리 사신들 발꿈치를 따라 쳐들어오는 것처럼 말하므로, 세상 사람들의 마음이 두려워 떨기 때문에 이와 같이 말했을 뿐입니다."라고 하였다."(유성룡, 『서애집』)

하고 "죽을 힘으로 싸우자."고 달랬다. 그 인연으로 세인들은 '영남의 삼장사三壯士'로 불렀다. 학봉 선생은 그때 심경을 시로 남겼다. 뒷날 천파 오숙(天波 吳翻, 1592~1634)은 이 글을 현판에 새겨 촉석루에 달았다.

촉석루 위에 마주 앉은 세 장사
한잔 술에 비장한 웃음으로 남강물에 맹세하네.
강물이 쉬지 않고 영원히 도도하게 흘러가듯
저 강물 마르지 않는 한 우리의 넋도 죽지 않으리.

矗石樓中三壯士　一杯笑指長江水
長江萬古流滔滔　波不渴兮魂不死

그 시가 학봉 종택 유물관 입구에 걸려 있다. '세 장사'는 대소헌 조종도(大笑軒 趙宗道, 1537~1597), 송암 이노(松巖 李魯, 1544~1598, 임진란 기록 『용사일기龍蛇日記』의 저자)라는 친절한 해설까지 달아 놓았다. '대소헌 선생'이란 이름이 종손의 입으로 소개될 때 나도 모르게 장탄식이 나왔다. 남의 종택에 와서 나의 뿌리가 되는 어른 함자를 만난 까닭이다. 남을 잘 웃기고 스스로도 늘 웃었기 때문에 자호를 대소헌이라고 했다. 여러 사람이 모인 곳에서도 농담은 빠지지 않았다. 당신이 한번 웃기면 의병장들의 무섭고 굳은 얼굴도 부드럽게 바뀌었다. 정치적 오해로 인하여 잠시 옥에 갇혔을 때도 옥졸들과 웃고 농담을 즐기는지라 모두가 감옥에 있다는 사실까지 망각할 정도였다. 사실 비장한 상황일수록 웃음이 필요한 법이다. 그래서 진주 촉서루로 3인이 처음 갔을 때도 '한 잔 술에 웃음(一杯笑)'을 빠뜨리지 않았다. 이제 속가의 성씨로 살았던 시간보다는 불가의 석씨釋氏로 산 기간이 더 많은지라 어느새 아련해진 성함이기도 하다.

불교가 인도에서 중국으로 들어올 무렵 승려의 성이란 출신지를 의미했다. 축법란, 지루가참, 안세고, 강승회 등은 인도말과 중국어에 능통했고 역경가로 이름을 떨친 '외국인' 스님들이다. 그들의 성은 축(竺, 인도)씨, 지(支, 대월지국)씨, 안(安, 안식국)씨, 강(康, 강거국)씨 등 다양했다. 천축국(인도)을 제외하면 대부분 실크로드 주변에 있는 작은 오아시스 국가들이다. 유가식으로 표현하면 본관인 셈이다. 훗날 동진東晉의 도안(道安, 312~384) 대사는 성씨를 지역이 아니라 법맥法脈을 의미하는 석씨(釋氏, 석가모니 집안)로 바꾸어야 한다는 원칙론을 확립했다. 드디어 동아시아에 '카필라(석가모니 탄생지) 석씨'가 탄생한 것이다. 카필라 석씨는 이후 중국·한국·일본을 망라하는 출가자들의 '글로벌 성씨'로서 영향력을 발휘했다.

며칠 전 대구 비슬산 자락에 머물고 있는 E스님한테 전화가 왔다. 대뜸 속가 성씨를 묻는다. 항렬까지 물었다. 자기가 아저씨뻘 되니 앞으로 예우를 잘하라는 농반진반 말까지 덧붙인다. 화수회(花樹會, 종친 모임)에 참석했더니 필자의 근황까지 묻는 이가 있더라고 하면서.

어제 할아버지가 낚시 오는 날엔
푸르름이 더하니

이 땅에서 내로라하는 유력 가문의 서원과 종갓집 그리고 정자를 공부 삼아 여기저기 찾아다녔다. 언젠가 경북 안동에 있는 학봉 종택을 찾았을 때 필자의 사가私家 중시조 어른인 대소헌 조종도(大笑軒 趙宗道, 1537~1597) 할아버지에 관한 기록을 만난 것은 놀라움 그 자체였다. 남의 집에 잘못 배달된 우리 집 편지를 한참 시간이 지난 뒤에 손에 쥔 느낌이랄까?

절집으로 출가한 이후 잊었던 우리 가문의 흔적도 가끔 찾아봐야겠다는 사명감이 마음 한구석에서 슬며시 일어났다. 그때가 2019년 2월이었으니 두 해 만에 스스로에게 한 약속을 지킨 셈이다. 설 연휴를 이용하여 경남 함안 일대를 찾았다. 조씨 문중이 지역의 가장 큰 성씨로서 세거지를 이루고 있기 때문이다. 어계 고택과 서산서원 그리고 채미정을 답사 목록에 올렸다.

조선 초기에 단종과 세조의 인위적 왕위 교체라는 정치적 혼란 속에서 낙향을 선택함으로써 세상 사람들에게 생육신生六臣이라고 불린 어계 조려의 꼿꼿함은 채미정采薇亭이라는 소박한 정자 이름에 그대로 투영되었다. 채미는 고사리를 말한다. 고대 중국 백이伯夷와 숙제叔齊의 지조 있는 삶을 지탱해 준 유일한 먹거리가 고사리였다. 이후 고사리는 선비의 높은 절개를 대변하는 언어로 자리매김되었다. 게다가 이 정자는 위치마저 한갓진 곳이다. 자기를 드러내지 않으려는 듯 작은 언덕에 기댄 채 평지에 숨은 듯이 앉아 있다. 작은 공간에 불과하지만 어계 고택과 서산서원을 동시에 아우르는 중심 혈穴자리라고 하겠다. 그래서 조선 말기 흥선대원군이 서원을 멸실케 했을 때도 얼마간 거리를 두고서 떨어져 있었기에 무탈했다. 이뿐만 아니라 사라진 서원의 기능까지 떠맡게 되었다.

특이한 것은 정자 중앙에 자리 잡은 채미정 현판 좌우 양쪽에 두 글자로 된 '백세百世'와 '청풍清風'이라는 큰 글씨 현판을 달고 있다는 점이다. 간판 격 본문인 '채미'에 붙인 해설인 셈인데 해설이 본문보다 더 큰 면적을 차지한 것이 매우 생경하다. 백세청풍百世清風은 '영원토록 변치 않는 맑고 높은 선비의 절개'라는 의미로 조선 사대부의 지조를 의미하는 상징어다. 이 글씨의 원본은 송나라 주자(朱子, 1130~1200)가 백이숙제 사당에 남겨

둔 것이다. 조선 중기 정윤목(鄭允穆, 1571~1629)은 19세 때 중국 사신인 아버지 정탁(鄭琢, 1526~1605)을 따라갔다가 만난 이 글씨에 감동하여 실물 그대로 베껴 왔다. 너무 흡족한 나머지 자신의 호를 청풍자淸風子라고 할 정도였다. 좋은 것은 나누고 싶기 마련이다. 이후 예천 삼강강당을 필두로 함안 채미정, 금산 청풍서원, 함양 일두 고택 등에도 같은 현판을 걸었다.

귀한 글씨인지라 목재로 만든 현판을 여러 곳으로 나누어 둔다고 할지라도 못 미더웠다. 보존이 목적이라면 금석에 새겨야 한다. 그래야 안심이 되었는지 서울 인왕산 자락 청운초등학교의 바위에도 누군가 '백세청풍'을 새겼다. 한문 대장경도 마찬가지였다. 7세기 무렵 멸실을 우려하여 일만 오천 장의 돌판에 새긴 방산석경房山石經이 중국 베이징 인근 운거사雲居寺에 보관되어 있다. 조려의 호인 어계(漁溪, 계곡에서 고기를 잡다)라는 글자처럼 낚싯대를 드리우고 세월을 보낸 개울가 고바위 절벽에도 후손인 조삼규趙三奎가 큰 글씨로 '백세청풍'을 새겼다. 문자는 말할 것도 없고 그 정신까지 영원히 후세에 전해지길 바랐나 보다. 아래쪽에 작은 글씨로 4행의 헌시까지 함께 새긴 뒤 멀리서도 잘 보이라고 하얗게 덧칠까지 했다.

어계 할아버지께서 낚시를 오시는 날이면
계곡과 산이 푸르름을 더하는구나.
후학이라면 누군들 우러르지 않으리오.

맑은 바람 소리는 백세토록 영원하리니.

漁祖登臨日　溪山淸復淸
後生誰不仰　百世樹風聲

한 눈이라도
제대로 갖추고 살라

낮이 가장 길다는 6월 중순인지라 오후 7시가 넘었는데도 주변은 여전히
훤하다. 만약 이런 시간이 더 길어진다면 북유럽의 백야白夜처럼 될지도
모른다는 기대 섞인 혼잣말을 하면서 젊은이의 거리로 불리는 홍익대학
교 인근에 도착했다. 목적지는 창호문 제작으로 유명한 회사의 갤러리였
다. 의자, 탁자, 싱크대 등 실내 장식물과 함께 붓글씨와 서양화를 아우르
는 이색적인 전시회다. 기존 행사들과 다른 점이 있다면 부녀가 함께 하는
공동 기획전이라는 사실이다. 딸은 프랑스 건축사 자격을 가진 프로 건축
가로 실내 장식 전문가이기도 하다. 부친은 정년퇴직 후 그동안 취미 삼아
해오던 서예와 그림에 본격적으로 뛰어든 아마추어 예술가였다.

건축가 딸은 어렸을 때 아버지가 스케치북에 그려 준 임진란 당시의 왜군 장군 그리고 신라의 화랑이 말을 타고 있는 역동적인 스케치 등을 아직까지 보관하고 있다고 했다. 아버지의 작업장인 작은 방에서 삐져나오는 유화 작업에 필요한 시너 냄새를 맡으며 자랐고, 당신이 직접 그린 호랑이 그림을 학교에 기증한 기억을 그대로 간직하고 있었다. 아버지는 딸의 전시 공간 한 켠을 내준 고마움을 화려한 꽃 그림 두 점으로 화답했다. 물론 딸에게 헌정한 작품이다.

그러고 보니 두어 달 전인 2020년 4월 하순 예술의전당 한가람미술관을 찾았을 때 부녀지간의 정을 확인하는 자리를 만났던 기억까지 소환된다. 디자인계의 거장으로 불리는 이탈리아 출신의 카스틸리오니 (Castiglioni, 1918~2002) 탄생 100주년을 기념한 전 세계 순회전의 일환이었다. 작품 주제는 생활소품인 의자, 전등, 전기스탠드, 탁자, 책상 등이다. 큐레이터는 관람객에게 가장 많은 공감을 불러일으킨 작품은 아버지가 딸을 위해 특별히 제작한 탁자와 의자가 함께 붙어 있는 다용도 책상이라는 해설을 덧붙였다. 낮은 자리 의자에는 아버지가 앉고, 높은 자리 탁자에는 어린 딸이 앉아 서로 눈을 맞추며 많은 대화를 나눌 수 있는 장치를 겸했기 때문이다. 홍보 영상에서 딸이 "아버지의 작품을 통해 여전히 살아 있는 것처럼 느낄 수 있게 해주기 때문에⋯."라고 말한 인터뷰는 부녀 사이의 애틋함을 관객들에게 가감 없이 그대로 전달한다. 이탈리아 현지에 있는 아버지 스튜디오는 딸이 운영자가 되어 일반인에게 개방하고 있다. 아버지의 모든 오리지널 작품은 이탈리아 정부의 문화재로 등록·관리되고 있으니 박물관인 셈이다.

개인적으로 가장 시선을 끈 작품은 주름으로 가득한 얼굴에 한 손으로 왼쪽 눈을 가린 채 미소 짓고 있는 디자이너 본인의 모습이다. 카스틸리오니를 상징하는 이 캐릭터는 사진과 그림, 펜화 등 여러 가지 표현 기법을 동원하여 유형을 달리한 갖가지 포스터로 제작하여 여러 점이 동시에 걸려 있다. 평범함 속에서 뭔가 다른 점을 찾는다는 그의 통찰력을 상징하는 또 다른 이미지를 구현한 것이기도 하다. 좋은 작품이란 결국 비범한 안목에서 나온다. 아버지는 딸의 특별한 재주를 읽었고 딸은 아버지의 지혜로운 품속에서 자랐다. 두 전시회 모두 앞세대의 정신세계와 미의식을 통해 미래세대의 감성과 인성을 일깨워 주는 또 다른 가정교육의 현장이기도 했다.

언젠가 시각 디자이너로 이름을 떨치고 있는 안상수 선생을 지인의 전시회장에서 만난 적이 있다. 조계종 로고를 디자인할 만큼 절집과 인연도 적지 않다. 수인사를 마치자마자 느닷없이 사진을 한 장 찍어도 되겠느냐고 하면서 양해를 구했다. 아무런 장식도 없는 콘크리트 벽 방향으로 서라고 위치까지 지정해 준다. 게다가 한 가지 조건을 더 붙였다. 한 손으로 왼쪽 눈을 가려 달라는 것이다. 그때는 그냥 그런가 보다 하고 어리둥절한 상태에서 모델 노릇을 했다. 이번에 카스틸리오니 포스터를 마주하면서 그 별스런 동작을 요구하던 의문이 한순간에 풀렸다. 아하! 바로 이것이었구나. 두 디자이너를 몇 년이라는 시차를 두고 만난 덕분에 궁금증이 해결된 것이다.

두 눈을 가진 이는 평범하지만 한 눈을 가진 사람은 비범하다는 이야기는 만화영화 〈해적왕 애꾸눈 선장〉 혹은 후삼국 시대를 배경으로 하는 사극 〈태조 왕건〉에 등장하는 인물인 궁예 등에서 더러 접한 바 있다. 또 조선 말 고종 임금의 등극을 예언했다는 유명한 관상가 박유붕(朴有鵬, 1086~?) 선생 이야기도 마찬가지다. 어느 날 그는 본인의 관상을 자기가 보게 되었다. 그리고 한쪽 눈으로만 세상을 보아야 남의 운명을 제대로 맞힐 수 있다는 결론에 도달하게 되었다. 그 다음 주저하지 않고 스스로 자기 눈을 찔러 애꾸눈을 만들었다는 이야기가 전설처럼 전해 온다.

설봉 의존(雪峰義存, 822~908) 선사는 "두 눈은 고사하고 한쪽 눈(一隻眼)이라도 제대로 갖추고 살아라."는 당부를 잊지 않았다. 그렇다고 해서 인위적으로 애꾸눈을 만들라는 이야기는 아닐 터이다. 그 잔소리(?) 아닌 잔소리는 잊을 만하면 다시 듣는 반복 학습을 오늘까지 거듭하고 있다. 언제부턴가 나도 모르는 사이에 그 잔소리를 다음 세대에 그대로 전달하고 있는 꼰대 세대가 되었다.

세검정 맑은 계곡물 위로
자동차도 흐르네

이제 서울 종로구 세검정洗劍亭 앞에서 옛 무인들처럼 칼 씻을 일은 없을 것이다. 또 한지가 귀하던 시절 이미 사용한 닥종이를 재생하기 위해 먹물로 쓰여진 글씨를 이 골짜기에 흐르는 맑은 물에 씻어 제거할 일도 없을 것이다. 그 내용이 외부로 유출되는 것을 막기 위한 조치이기도 했다. 한양 도성 사람들은 큰비가 온 뒤에는 이곳으로 물 구경을 와서 눈을 씻었다고 했다. 이제는 도시 생활에 지친 사람들이 너래반석 위로 흐르는 물을 바라보며 마음을 씻는 곳으로 바뀌었다.

　물길이 화강암 바닥 위를 흐르더니 이내 모래톱을 만든다. 물속에는 손가락만 한 물고기들이 여유롭게 노닌다. 그런데 전혀 야생동물이라고

262

할 수 없는 큰 비단잉어까지 보인다. 집 안의 대형 어항에서 기르다가 부담스러웠던지 누군가 방생한 모양이다. 그럼에도 자기 집처럼 유유히 헤엄치는 모습을 연출하고 있다. 게다가 용이 되기 위해 용문폭포를 향해 상류로 올라가려는 잉어를 위해 어도魚道까지 만들어 두었다.

군데군데 청둥오리도 몇 마리 보이고 흰 두루미는 긴 다리로 성큼성큼 걷는 것이 더 편할 것 같은 1미터 남짓한 거리임에도 불구하고 날갯짓으로 몸을 옮긴다. 옆의 재두루미는 이미 부리로 물고기를 나꿔채 꿀꺽꿀꺽 삼키고 있다. 교각을 끼고서 야생풀들이 수초처럼 자라 군데군데 작은 섬을 만들면서 생태계까지 갖추었다. 시멘트 제방 벽에 언뜻언뜻 보이는 이끼 군락들은 아직도 이 길이 청정 지역임을 은연중에 강조한다.

계속 계곡의 산책로를 따라 걸었다. 청계천 도보길처럼 적극적인 토목 기술을 자연에 개입시킨 도회풍의 세련됨은 아니지만 원래 모습을 그대로 두면서 꼭 필요한 것만 가미한 자연스러움이 나름의 매력을 발산하고 있다. 기존 다리 밑으로 다시 산책로를 만들다 보니 성인 한 명이 제대로 지나갈 수 없는 높이의 구역도 있다. 구조상 옛다리를 높이거나 새로 만든 길을 낮춘다는 것은 애시당초 불가능하다. '머리 위 충돌주의'란 안내문 외 별다른 뾰족한 수가 없다. 고개를 숙이거나 허리를 굽혀 지나가면 될 일이다. 그런 자세가 내키지 않는다면 자동차 매연을 각오하고 우회 계단을 통해 다리 위 건널목을 통과하면 된다. 어쨌거나 시멘트길과 흙길 그리고 나무 데크로 된 길이 골고루 섞여 있다. 그 덕분에 자칫하면 단조로움으로 인하여 생길 수 있는 지루함을 덜어 준다.

　20여 년 전에 완공했다는 내부순환고가도로의 기둥이 주는 육중한 우람함이 개발 시대의 상징처럼 하천 가운데를 가로지르고 있다. 산도 가리고 하늘도 가린다. 하지만 그 위로는 차들이 물처럼 흐르고 있다. 도로를 물길로 간주하는 풍수설을 빌린다면 하천이 은하수처럼 공중에 매달려 있는 셈이다. 그 옛날 배로 물류가 이루어졌다면 지금은 차가 대신하고 있다고나 할까. 그 아래로 동네 주차장을 만들기 위해 천변 위로 둥근 기둥을 쌍으로 일곱 줄을 세워 시멘트 마당을 만들었다. 물 흐름을 방해하지 않고 필요한 주차 공간도 확보하는 절묘한 타협책이다. 서로 조금씩 양보

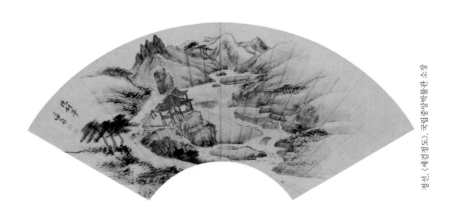

정선, 〈세검정도〉, 국립중앙박물관 소장

264

하여 인간과 자연이 공존하는 방식을 찾았다고나 할까.

멀리 기와집을 머리에 이고 있는 큰 바위에 새겨진 흰옷을 입은 관세음보살상이 보인다. 고려 말에 조성한 이래 700여 년 동안 지역 주민들로부터 사랑을 한몸에 받고 있는 마애불이다. 특히 불암佛巖 인근에는 맑은 샘이 유명했다고 한다. 그래서 '옥천'으로 불리었다. 약수는 산허리에 있는 바위굴에서 나왔는데 풍병과 체증을 제거하는 효험이 있다고 하여 장안의 남녀들이 줄을 서서 다투어 물을 마셨다고 서유구(徐有榘, 1764~1845) 선생이 쓴 『임원경제지』에 기록되어 있다.

5리 남짓한 계곡길 따라 시대마다 역사가 있고 곳곳에는 삶의 이야기가 함께한다. 구한말 이 계곡을 찾았던 서광전徐光前 선생은 주변 풍광을 이렇게 한글로 읊조렸다.

"계곡에는 암벽이 펼쳐져 수석이 아름답고
소나무 그늘이 땅을 덮어 바람과 기운이 시원하도다."

만릿길을 걷는 것은
만 권 책을 읽는 것

겨울비라고 부를 수도 없고, 봄비라고도 할 수 없는 비가 밤새 내렸다. 아침 해가 뜰 시간이 한참 지났는데도 주변은 여전히 흐릿하다. 짙은 구름이 가득한 날씨 탓이리라. 뿌연 안개까지 옅게 더해진 북한산 자락길로 발걸음을 옮겼다. 진입부의 나무 데크로 만든 길이 지그재그로 거듭 중첩된 모양이 보은 속리산 입구의 말티재를 연상케 한다.

이마에 땀이 맺힐 무렵 걸음을 멈추고 산 아래를 내려다보았다. 운무 속에서 아파트 단지만 실루엣처럼 윤곽이 드러나고 단독주택은 납작 엎드린 채 보일 듯 말 듯 묻혀 있다. 홍제천과 내부순환도로는 나란히 달리는가 싶더니 이내 갈라지면서 각자 자기 길로 내달린다. 풍수 이론에서 왜 길을 물로 설명하는지 비로소 실감하게 된다. 고가도로 위로 자동차들이 꼬리에 꼬리를 물며 물처럼 흘러가기 때문일 것이다. 한때 하천을 복개하여 교통난을 해결하던 시절도 있었다. 아스팔트를 기준으로 아래로는 물이 달리고 위로는 차가 달렸으니 물길이 곧 찻길이었던 것이다. 이제는 복개된 찻길을 걷어 내고 다시 물길을 드러내는 시대로 바뀌었다. 그럼에도 흐름과 소통이라는 두 길의 기능에는 별다른 차이가 없다.

한 구비를 돌아드니 6·25전쟁 때 계급장도 없이 참전하여 전사한 용사의 이름만 적힌 소박한 비석이 서 있다. 그 앞에 놓아둔 플라스틱 조화가 검은 비석의 외로움을 달래 준다. 1986년에 세웠으니 그리 오래된 것은 아니다. 세운 이들은 기억만으로 충분하지 않다고 여긴 모양이다. 기억해 주는 이가 한 명이라도 있다면 그 용사는 가슴속에 살아 있는 것이다. 앞으로 자락길 주변에도 이렇게 산 자와 죽은 자의 스토리가 하루하루 쌓여 갈 터이다.

거의 흙을 밟지 않아도 되는 나무 데크 길만 4킬로미터가 넘는다. 만들 때도 자연 훼손을 최소화하고 이용 시에도 지면 손상을 최소화한 방법이다. 데크 사이사이에 이미 자기 자리를 잡고 있는, 별로 크지도 않은 그저 그런 나무까지 보존하려는 공생共生을 위한 귀찮음도 저어하지 않았다. 산 정상 방향으로 군데군데 하얀 화강암 표면에 푸른 이끼가 자란다. 이끼는 청정을 상징하는 식물군으로 분류된다. 데크 길을 사이에 두고 아파트와 자연의 공존이 가능하다는 사실을 보여 준다고나 할까. 주민과 길손의 상생相生을 위해서 군데군데 나무로 차단벽을 설치했다. 담장 너머로 자연과 인간의 조화로움을 추구한다는 명분을 내건 이른바 '숲세권' 아파트를 짓는 고공 크레인은 산보다 더 높이 하늘을 향해 서 있다.

걷는 길의 원조는 성지 순례길이다. 유명한 '산티아고 길'의 최종 목적지는 성 야곱의 무덤이 있는 콤포스텔라 성당이다. 출발에서 도착까지 한 달 가량이 소요되는 직선길이다. 일본 시코쿠(四國)의 '오헨로 길'은 88개 사찰이 이어진 순환길이다. 일본에서 우리나라 원효 스님만큼 유명한 홍법 대사弘法大師 구카이(空海, 774~835, 일본 진언종 고야산 개산조) 스님의 수행 흔적을 따라서 걷다 보면 섬을 한 바퀴 돌게 된다. 이 역시 한 달 남짓한 시간을 요구하는 긴 길이다. 두 길 모두 천 년 이상의 역사를 자랑하는 동서양 성지 순례길의 원조인 셈이다. 제주도 출신인 서명숙 선생은 산티아고 길에서 영감을 얻어 귀국 후 고향에 올레길을 만들었다. 그리고 이제 '큐슈 올레길'이란 브랜드를 일본에 수출하기에 이르렀다. 이렇게 길은 계속 진화 중이다.

길 이름을 짓는 것도 쉽지 않다. 어느 나라 어떤 지역이건 나름의 좋은 이름은 이미 선점하고 있기 때문이다. 제주 올레길도 있고, 지리산 둘레길도 있고, 해인사 소릿길도 있다. 경북 청도에는 '몰래길'이 있다. 올레길 이름을 그대로 빌리면서도 이응(ㅇ) 자를 미음(ㅁ) 자로 살짝 바꾸었다.

방해받지 않고 혼자 혹은 둘이 몰래 걷는 호젓한 길을 콘셉트로 잡았다고 한다. 유명 연예인 전유성 선생이 작명했다.

지금 내가 걷고 있는 이 길은 골목길도 아니고, 그렇다고 해서 순환길도 아니다. 산자락을 걷는 길이다. 그래서 '자락길'이 되었을 것이다. 언제부턴가 빨리빨리 산 정상으로 향하는 가파른 직선길이 아니라 쉬엄쉬엄 산언저리를 도는 둘레길로 걷는 문화가 바뀌었다. 자락길은 거기에서 한 걸음 더 나아가 경사도 10퍼센트 이하의 기울기를 유지하는 까닭에 남녀노소 심지어 휠체어까지 통행이 가능한 '무장애 자락길'이 되었다. 가까이 있는 길이면서 언제든지 갈 수 있는 동네길인 것이다. 게다가 바닥을 안전하게 처리해 놓아서 땅을 의식하지 않고 편안하게 걸으면서 하늘과 자연을 마음 놓고 볼 수 있는 여유가 덤으로 주어진다.

그렇다고 '혼자 잘난 길'은 아니다. 일방적 소통이 아니라 주변 길과 연계성도 게을리하지 않았다. 위로는 북한산 둘레길에 속하는 옛성길과 군데군데 이어진다. 아래로는 여기저기 동네로 내려가는 길과 연결된다. 게다가 옛길을 살려 300미터 정도는 흙길을 밟도록 세심하게 배려했다. 데크를 밟을 때와는 촉감이 사뭇 다르다. 제법 연륜이 쌓인 개나리 동산을 감상하며 걸으라고 보존한 길이다. 잔뜩 물 머금은 개나리 가지를 보면서 봄날의 화사함을 미리 만끽했다.

옛사람들은 길을 걸으며 "만 권의 책을 읽든지 만릿길을 걸어라(讀萬卷

書 行萬里路)."라고 스스로를 다그쳤다. 만리행萬里行은 만 권의 독서를 하는 것만큼 견문을 넓혀 주기 때문이다. 오늘은 십리행을 했으니 책 몇 권을 읽은 것일까?

서호에 버려지고
태호에서 꽃을 피우다

한문 고전을 좋아하는 20여 명과 함께 7월 말부터 8월 초까지 8박 9일간 중국 안휘(安徽, 안후이)성과 절강(浙江, 저장)성 답사를 다녀왔다. 답사 과정은 그야말로 '다반사(茶飯事, 차를 밥 먹듯이 하는 일상사)'였다. 식사 자리에는 하루 세 번 반드시 대형 차 주전자가 함께 올라왔다. 밥 먹기 전에 한 잔, 밥을 먹다가 한 잔, 식사를 마친 후에 또 한 잔이 자연스럽다. 그 이유는 모든 요리가 기본적으로 기름에 볶은 익숙지 않은 음식들인 까닭에 느끼한 속을 달래는 최상의 방법이기 때문이다. 마지막 일정은 절강성 호주湖州다. 동아시아 모든 다인들의 마음을 설레게 한다는 고장이다. 차의 성인으로 불리는 육우(陸羽, 733~804) 선생의 흔적이 고스란히 남아 있는 곳이기 때문이다. 그런 연유로 호주는 차 애호가들의 성지이기도 하다.

　　육우 선생 묘소 입구 주차장에 도착했다. 짙고 푸른 대나무숲 사이의 가파른 경사길이 구비를 돌며 이어지는 계단이 까마득하게 보인다. 더위 때문에 빨리 걸을 수도 없다. 계단이 끝날 무렵 평평한 작은 마당이 나온다. 3단으로 된 시멘트 구조물과 돌 난간을 잡고서 마지막 계단을 오르니 그제서야 봉분이 나타난다. 바닥에서 다섯 겹으로 쌓아 올린 벽돌이 무덤 전체를 두른 원형 분묘다. 묘 위를 덮고 있는 눈에 거슬리는 잡목도 비석 글씨가 주는 이름자의 위엄 앞에 그대로 묻혀 버린다. 중심에 검고 큰 글씨 '대당육우지묘(大唐陸羽之墓, 당나라 육우의 무덤)'가 새겨진 비석이다. 1995년 겨울 '호주(湖州, 후저우) 육우다문화연구회'가 세웠다는 기록까지 붉은색 작은 글씨로 좌우의 가장자리에 나누어 썼다. 봉분과 2미터가량 사이를 두고서 무덤을 보호하듯 뒤쪽에는 검은색 석판을 둥근 병풍처럼 이어 붙여 『다경茶經』을 새겼다. 배례석의 촛대와 향로는 일상적인 풍광이지만 다신 茶神의 무덤답게 참배하는 사람들이 차를 올릴 수 있도록 작은 다완 몇 개를 큰 접시 위에 얌전하게 엎어 둔 것이 그동안 찾았던 유명 문인의 무덤과 차별화된 모습이라고나 할까.

　　육우 선생은 중국 다도의 시조로 불린다. 최초로 차에 관한 종합적인 전문서이며 또 다인들의 필독서인 불후의 명작 『다경』을 저술했기 때문이다. 이 세 권짜리 책으로 인하여 단순한 차 마시는 행위가 다도茶道라는 학문과 예술의 경지에 올랐을 뿐만 아니라 수행 차원까지 승화될 수 있었다. 차의 모든 것을 알 수 있는 완벽한 고전으로 저술에만 10여 년이 걸린 역작이다. 차를 끓이고 마시는 법에 정신적 가치를 두고 미학적으로 기술한 것은 육우 선생만이 할 수 있는 일이었다.

당신은 호주 땅에서 수십 년을 살았다. 호주는 물맛이 좋은 곳이다. 차맛은 결국 물맛이다. 물맛이 좋아야 장맛도 좋고 술맛도 좋다. 따라서 물맛을 제대로 구별하는 능력은 전문 다인이라면 반드시 갖추어야 할 덕목이다. 그의 품천(品泉, 물 품평력) 솜씨는 타고난 것이었다. 차를 달이기 위해 '양자강 가운데로 흐르는 맑은 물'이라고 떠온 것을 맛보고는 "그 물이 아니다."라고 구별할 수 있을 정도였다. 나중에 알고 보니 물을 가져오던 지게꾼이 넘어지면서 물동이를 엎어버린지라 할 수 없이 남은 물에 다른 물을 섞은 것이었다.

육우 인생의 시작도 물가였다. 호북(湖北, 후베이)성 복주復州 경릉(竟陵, 현재 지명은 천문天門) 서호西湖 주변에 버려진 아이였다. 기러기들이 떼지어 우는 소리를 이상하게 여긴 지적智積 스님이 핏덩이인 그를 안고서 돌아온 용개사龍盖寺에서 다동(茶童, 차 심부름하는 아이) 생활을 하면서 차와 인연을 맺었다. 현재 서호공원(일명 육우공원) 인근에는 선생이 처음 차를 만난 서탑사(西塔寺, 옛 용개사)가 그대로 남아 있다고 한다.

청년 시절 안록산의 난 때문에 피난 온 강남 땅에서 술과 함께 은자처

럼 숨어 지냈다. 그러던 중 태호太湖 호수 자락에 있는 저산杼山 묘희사妙喜
寺에서 다인인 동시에 학자인 14살 연상의 교연(皎然, 720~803) 스님을 만나
게 된다. 이때부터 '차로 술을 대신(以茶代酒)'하며 오랜 세월 동안 승속僧俗
의 경계를 넘어 망년지교(忘年之交, 나이를 잊고 지내는 친구)가 되었다. 두 사람은
함께 시와 문장을 짓고 불교를 이야기하고 차를 마시면서 차의 정신을 논
하였다.

이 만남은 육우 인생의 일대 전환점이 되었다. 이를 계기로 육우는 다
예의 중심 지역에서 차 문화를 전반적으로 조감할 수 있게 된 것이다. 그
결과물이 『다경』이다. 서호에 버려졌던 아이가 드디어 태호에서 꽃을 피
운 것이다. 물가에 버려졌지만 물가에서 활동했고 결국 물가에서 출세를
한 것이다. 당나라 대종代宗이 그의 명성을 듣고 '태자문학(太子文學, 태자를 가
르치는 스승)'이라는 벼슬을 내렸지만 끝까지 사양했다.

차 문화가 일상화된 지역이라 그런지 커피는 흔적조차 없다. 차나무
를 매일 만나고 다닌 덕분인지 일주일이 지나도 커피 생각이 나지 않는다.
물론 금단 현상도 없다. 보이지 않으니 마실 생각도 일으키지 않는 것인가.
이것도 일체유심조(一切唯心造, 모든 것은 마음이 만들어 낸 것)다.

여행 마지막 날 밤 태호를 찾았다. 관광지로서 갖추어야 할 인프라를
모두 갖춘 엄청난 규모의 호수 공원이다. 갖가지 조명으로 수놓은 야경을
감상하다가 발견한 커피숍에 앉았다. 그동안 커피를 굶은 몸이 빨아들이

듯 흠뻑 스며들 줄 알았는데 그냥 무덤덤했다. 차를 너무 많이 마신 탓인가? 하긴 나 역시 커피를 마신 기간보다는 차를 즐긴 세월이 더 길지 않았던가. 여행 안내 자료집에 실린 교연 스님의 「음다가飮茶歌」를 읽었다.

한 모금 마시자 혼미함이 씻겨 나가고
두 모금 마시자 정신이 맑아지고
세 모금 마시자 도를 이루니
번뇌를 없애고자 마음 쓸 일이 없네.

一飮滌昏寐　　再飮淸我神
三飮便得道　　何須苦心破煩惱

안심을 복원하다

전북 완주 대둔산 자락에 도착하니 '안심마을'이란 표지판이 나타난다. 장거리 운전을 마쳤다는 사실에 안도감이 밀려온다. 오래전부터 이 산 아래 마음이 편안한 터에 옹기종기 모여 대대로 마을을 이루고 살았을 것이다. 물론 이곳뿐만 아니라 같은 이름이 경북 팔공산 자락에도 있다. 뒷날 고려를 건국하는 왕건이 후백제 견훤 군사의 포위망을 뚫고서 탈출한 후 안도의 한숨을 쉰 곳이 현재 대구시 동구에 있는 '안심'이라는 마을 명칭의 유래이다. 전란과 기근이 잦은 시대에는 백성들이 전국에 산재한 십승지十勝地를 찾았다. 이 역시 안심을 얻기 위한 방편이었다. 십승지는 안심마을의 또 다른 이름이기도 하다.

절집도 마찬가지다. 안심마을 끝에 자리한 안심사安心寺는 신라 자장
慈藏 법사가 안심입명처(安心立命處, 어떤 일에도 흐트러지지 않는 평정심을 갖추고 편안한 마
음을 유지할 수 있는 곳)를 찾아 절을 지었다고 사적비에 전한다. 중국의 명문가
출신인 혜가慧可 대사가 달마 대사가 머물고 있는 심심산골인 숭산의 소
림굴을 찾은 것도 불안한 마음을 해결하고자 함이었다. 그리고 '대사의 한
수'를 듣고자 눈밭에서 밤새도록 기다리면서 서 있는 고행도 마다하지 않
았다. 그렇게 힘들게 배운 안심의 비방책으로 뒷날 당신을 찾아온 승찬僧
璨 스님의 불안한 마음도 일거에 해결해 주었다.

　하지만 안심을 위해 찾아온 안심마을이, 마음의 번뇌를 해결하고자
찾아온 안심사가 도리어 안심처가 되지 못했을 때 그 불안감은 몇 배로 커
지기 마련이다. 1950년 10월 1일 6·25전쟁의 전화戰禍가 이 마을까지 미
쳤다. 근처의 사찰 역시 적군의 은거지가 될 수 있다는 가능성 때문에 무
사하지 못했다. 사하촌에 살면서 그 광경을 멀리서 목격한 현재 팔순 나이
의 어떤 할머니는 "오후 7~8시쯤 불길이 치솟았고 30리 밖에서도 보였다.
3일간 탔다."고 증언했다. 조상 대대로 다니던 '우리 절'이 재만 남긴 채 사
라지자 주민들은 그 자리에 삼삼오오 모여 하염없이 울었다고 한다.

　인간이란 괴로웠던 기억은 빨리 망각하기 마련이다. 망각을 통해 불
안함을 털어버리는 방법을 자주 사용했다. 하지만 지역민들은 그런 쉬운
안심법을 선택하지 않았다. 복원을 통해 본래의 안심처를 만들고자 소맷

자락을 걷어붙인 것이다. 1966년 8월 25일 안심마을을 비롯한 인근 마을의 주민은 물론, 반장과 이장, 면장 그리고 당시 안심사 주지 김창수 스님이 뜻을 모아 직인까지 찍힌 서류를 군부대에 접수했다. 권위주의 군사정부 시절임에도 불구하고 답장이 왔다. 6·25전쟁 때 안심사에 진주했던 사단장, 연대장, 대대장 이름까지 밝힌 회신이 도착한 것이다. 접수된 '미확인 징발 재산 신고서'에 대하여 '철발중소각(撤發中燒却, 철수하면서 소각함)'이라는 답신을 받은 것이다.

이는 결과적으로 해당 기관에서 소각 사실을 인정한 매우 희귀한 기록유산이 되었다. '작전상 불가항력의 사유로 (징발 재산) 불인정'이란 단서가 붙어 보상은 받을 수 없었지만 그 의미는 적지 않았다. 이후 복원을 위하여 역대 주지와 지역 주민의 정성을 지속적으로 모을 수 있는 끈이 되었기 때문이다. 덕분에 국가의 지원을 받아 2층 대웅전을 2015년 낙성하기에 이르렀다. 소실 후 70년 만의 일이며, 청원 후 50여 년 만의 결실이었다. 현 주지스님은 "그동안 인근 주민들의 합심과 역대 주지의 노력이 무르익어 비로소 중심 건물 한 채를 옛 모습대로 완공할 수 있었다."고 하면서 모든 공로를 앞세대 어른들께 돌렸다.

그런 전후 사정을 기록하는 기회가 생긴 덕분에 묵은 서류까지 접하는 귀한 시간을 가졌다. 누렇게 바랜 갱지와 '올드old'한 디자인의 노란 관공서 봉투도 만났다. 반백 년 전의 국한문이 혼용된 민간의 탄원서 손글씨와 답신으로 온 한글 전용 관공서 타자기 글씨가 어우러진 문서들을 교차로 뚫어져라 살폈다. 누구에게 책임을 묻기보다는 아팠던 전쟁 역사를 함께 극복하는 아름다운 사연이 함께 있기에 더욱 감동을 준다.

안심사와는 달리 인근 도시인 전주 한옥마을의 경기전慶基殿은 조선을 개국한 태조 이성계의 어진(御眞, 임금 초상화)과 『조선왕조실록』을 온전히 보관할 수 있었다. 임진란 때 전주 사고史庫를 지키던 참봉과 인근 유생 그리고 희묵 대사 등 스님들이 합심하여 실록을 안심처인 정읍 내장사 인근의 계곡 동굴로 피신시켜 이를 무사히 지켜낸 결과다.

문화재청은 6월 22일을 '문화재 지킴이 날'로 정했다. 전주본 조선왕조실록이 내장산 용굴암에 도착한 날을 기념한 것이다. 당시 지역민들이 피땀 어린 노고를 통해 안심처로 옮겼던 일은 실록보존기적비를 세울 만큼 역사적인 일이기 때문이다. 실록의 보존 정신과 아울러 안심사 복원 정신을 함께 되돌아보는 호국의 달 6월이다.

도인무몽, 건강한 사람은
꿈에 매이지 않는다

한 해의 막바지 무렵에 언론을 통해 두 명의 화가를 만났다. 1인은 이미 고인이 된 유명 여류화가이고, 다른 한 명은 이제 막 뜨기 시작하는 청년 미술가이다. 전자인 천경자 화백은 신문 기사로 나온 작품에 대한 근황으로, 후자인 정중원 작가는 텔레비전을 통해서 실물로 접한 것이다. 각각 환상적 화풍, 그리고 극사실주의 그림이 보여 주듯 두 작가는 여러 가지 면에서 대비감으로 겹쳐지며 흥미를 더해 준다.

　천경자(1924~2015) 화백이 1991년 4월 "내 그림이 아니다."라고 한 뒤 절필까지 선언하게 한 〈미인도〉는 25년 동안 위작 논란이 계속 이어졌다고 한다. 급기야 마지막으로 검찰청까지 개입하여 2016년 12월 '진품'이라는 결론을 내렸다. 하지만 이미 '위작'이라고 평가한 프랑스 감정팀 뤼미에르 테크놀로지는 "대한민국 검찰은 미술 비전문가"라는 뼈 있는 한마디를 즉각 보탠 상태다. 종결형이 아니라 다시 진행형임을 예고하는 느낌이다.

어쨌거나 위작이란 진품보다 예술성 혹은 완성도가 떨어지는 것을 전제로 한다. 하지만 원본보다 더 뛰어난 위작이 나올 수도 있다는 것을 정중원 화가가 보여 주었다. 당신이 직접 묘사한 정밀도 높은 인물화는 비전문가의 눈으로 봐도 원본보다 훨씬 더 정교하고 뛰어났다. 어떤 측면에서는 사진보다 더 사실적이다. 카메라로 찍으면 쉽게 될 일을 왜 저렇게 힘들게 땀 흘리며 그리는가 하는 의구심까지 일으킬 정도였다.

하지만 사진처럼 극명한 사실주의적 화면 구성을 추구하는 하이퍼리얼리즘hyper realism 화가는 이런 작업에 대하여 색다른 해석을 내놓았다. 원본보다 더 원본 같은 짝퉁의 가상 세계에서는 원본이 복제물을 카피하고 실제가 가상을 따라 하는 역전 현상이 일어난다고 역설했다. SNS 세계를 그 사례로 들었다. 대부분의 사람들은 자기가 다녀온 명승지나 맛집에서 받은 감동을 이기지 못하고 그것을 찍거나 기록을 통해 여러 사람과 공유하고자 SNS에 올린다. 하지만 이런 일을 몇 차례 반복하다 보면 나중에는 SNS에 올리기 위한 목적으로 어떤 특정 장소를 일부러 찾아가는 역전 현상이 발생한다는 것이다. 행동은 실재이고 SNS는 가상이다. 일반적으로 실재 이후에 가상을 만들게 마련인데, 이제 실재와 가상이 뒤바뀌는 현상을 체험하게 만든다고 했다. 이것이 극사실주의 작품이 주는 무언의 가르침이라는 것이다. 그 말에 고개를 끄덕이게 된다.

곰곰이 생각해 보니 SNS 이전에 호랑이 담배 먹던 시절에도 가상 세계 체험은 있었다. 어린 시절의 악몽이다. 꿈에서 맹수나 나쁜 사람에게 쫓길 때 "걸음아 날 살려라!" 하고 도망치다가 결국 절벽에서 떨어지며 놀라서 잠을 깨고는 이내 현실로 돌아온다. "꿈이었구나! 다행이다. 꿈인 줄 알았으면 가랑이가 찢어지도록 달리지 않았을 텐데." 하지만 그런 투덜거림도 꿈을 깬 뒤에나 할 수 있는 말이다. 이전에는 그것이 꿈인 줄 모른다. 그때는 꿈이 꿈이 아니라 실재 현실이다. 깬 뒤에야 가상 현실임을 알게 되지만 온몸에는 식은땀이 흥건하다. 꿈이라는 가상 세계가 실재 세계에 구체적인 결과물인 흔적까지 남겼다. 가상 세계 역시 현실 세계와 무관하지 않다는 것을 유년기에 대다수가 경험하기 마련이다.

이제 여행지 역시 가상 세계를 통해 먼저 만난다. 안내 책자와 함께 인터넷에 올려놓은 홍보 자료가 기본이다. 게다가 개인 체험기까지 즐비하게 나열해 놓았다. 누구든지 계획 단계부터 충분히 그 지역 특성과 문화에 대한 자료를 숙지한 후 길을 나선다. 하지만 가상 세계로 접한 뒤 높아진 기대치는 현실 세계에서 실망치로 이어지는 경우도 적지 않다. 알고 보니 기존의 여행 자료란 남들이 만들어 놓은 가상 세계일 뿐이었다. 심지어 쇼윈도 내지 모델하우스적 '낚시' 기능에 비중을 둔 것을 미리 가려내지 못한 불찰까지 더해진 탓이다. 그래서 언제부턴가 방식을 완전히 바꾸었다. 아무런 사전지식 없이 선입견을 가지지 않고 제로 베이스 상태로 여행지를 찾기 시작했다. 나름의 관점과 체험을 즐기는 방식으로 전환한 것이다. 나만의 감각과 시각이 되살아났다. 그래서 지금은 무조건 그냥 출발한다. 주체적인 여행이 더 많은 것을 마음에 남긴다고 믿고서.

하지만 다녀와서 SNS를 확인하는 것은 나쁘지 않았다. 몰라서 놓쳐버린 경우도 더러 보인다. 이것만큼은 꼭 확인하고 갔더라면 더 좋았을 것이라는 후회감도 더러 뒤따르기 마련이다. 현실과 가상이라는 선후관계만 분명히 해둔다면 정답이 나올 것도 같다. 나의 현실 세계와 남의 가상 세계를 함께 모아 둔다면 그 효과는 두 배가 될 것이다. 나의 안목에 남의 경험치까지 합쳐지는 까닭이다.

이제 컴퓨터만 켜면 가상이 현실처럼 전개되고 그 가상에 의해 희노애락이라는 현실이 다시 만들어진다. 댓글이나 조회 수에 민감해지면서 내가 좋아서 올리는 것이 아니라 남 좋으라고 필요 이상의 과장까지 서슴지 않게 된다. 현실 세계라고 할지라도 가상 세계와 나누어 살 수 없는 시대가 된 까닭이다. 어쨌거나 현실과 가상의 공존 속에서 무엇이 가상이고 무엇이 현실인지 구별하는 것조차 쉽지 않은 혼동 속에서 살고 있다. 도인무몽道人無夢이라고 했던가. 건강한 사람은 가상 세계에 지나치게 경도되지 않는다는 의미이리라.

디지로그, 도장과 사인

영남 지방에서 '고딩(고등학생)'들이 찾아왔다. 이 친구들 덕분에 청와대 앞길이 개방된 후 처음으로 걸었다. 그런데 그 길은 말할 것도 없고 북촌길도, 삼청동길도 모두 시큰둥한 반응이다. 더위 탓인가 했더니 그게 아니다. 신구세대 간에 느낌이 서로 달랐던 까닭이다.

　일단 걷기를 중단하고 빙설 가게에 들러 차가운 음료로 발그레하게 상기된 얼굴을 식히는 시간을 가졌다. 이후 코스를 바꾸어 인사동 쌈지길 건물로 향했다. 그제서야 얼굴에 웃음이 돌아온다. "바로 우리가 찾던 곳이에요!" 층층이 알록달록한 디자인과 함께 정신줄 놓게 만드는 시끄러운 공간이다.

아예 멀찍이 서서 지켜보기만 할 뿐 제멋대로 놀도록 내버려 두었다. 한 시간 남짓 후 소품 몇 점을 구입하고서 만족한 표정을 지으며 나타났다. 그리고 대뜸 도장 파는 집으로 가자고 조른다. 인터넷으로 인기 있는 가게까지 미리 확인해 두었다고 한다. 1020세대가 즐겨 찾는 도장 가게인 모양이다. 컬러풀한 돌을 고르더니 각자의 이름을 새겼다. 30분 정도 걸렸다. 인사동 관광 기념 선물로 제격이다.

얼마 전에도 도장 때문에 이 거리를 다녀왔다. 그동안 사용하던 한글 도장이 너무 닳아 버린 까닭에 은행에 비치해 둔 인주를 먹여도 글자가 뭉개져 제대로 찍히지 않았기 때문이다. 돌이켜 보니 저 녀석들과 비슷한 나이일 때 손재주 있는 같은 반 급우가 한글로 새겨 준 푸른 플라스틱 도장이다. 그런데 세상에 하나뿐인 오랜 연륜의 수제 도장이 수명을 다한 것이었다. 신문에 자주 광고를 내는 세종문화회관 근처의 유명한 도장 가게로 갈까. 아니면 주간지 기사에서 봤던 숨어 있는 장인이 새긴다는 을지로 가게로 갈까. 이런저런 망설임 속에서 시간만 보냈다.

그날 인사동길을 따라서 숙소로 오다가 지인을 만났다. 방문한 가게 안에서 유리창 너머 필자가 지나가는 것을 보고서 반가움에 뛰어나온 것이다. 종로에서 머문 세월만큼 아는 이가 늘어나고 길에서 마주치는 사람도 그만큼 많아졌다. 안내하는 대로 가게 안으로 들어갔다. 붓과 벼루만 파는 곳인 줄 알았더니 그것이 전부가 아니었다. 스탠드 불빛 아래 부지런히

능숙한 칼 놀림으로 의전용 낙관을 파고 있는 주인장의 포스가 한눈에 들어온다. 외국 유명 정치인들의 방문 사진과 그들이 새겨 간 도장까지 광고 삼아 붙여 놓았다. 진짜 실력자라고 지인이 추임새를 넣는다. 그렇잖아도 도장포를 찾고 있었다고 맞장구를 쳤다.

실생활에 어울리는 중후하면서도 진한 갈색 재질의 나무를 골랐다. 둥근 모양과 정사각형을 한 개씩 선택한 후 한글과 한문 이름을 동시에 주문했다. 드디어 한 달 만에 전통에 충실한 묵직한 도장 한 쌍이 내 손에 쥐어졌다. 이후 그 앞을 지날 때마다 가게 쪽으로 눈길이 향한다. 그때마다 안경을 코에 걸고 부지런한 손놀림으로 새김 작업을 하는 그 신실한 모습은 여전히 변함없다.

이제 도장 대신 사인으로 대부분의 서류가 해결되는 시대에 살고 있다. 게다가 인터넷 뱅킹의 대중화로 인해 도장은 고사하고 은행에 갈 일조차 없어진 사람도 많다. 그럼에도 불구하고 도장은 여전히 또 다른 권위로 나름의 영역을 고수하고 있다. 한편으로는 가벼운 디자인과 부담 없는 가격으로 젊은이까지 끌어들이는 변신을 거듭했다.

인사동에도 많은 각수刻手들이 골목골목 포진하여 활약 중이다. 전통 가게와 현대식 쌈지길 상가가 공존하면서 양 세대를 이어 주고 전통형 도장과 새로운 감각의 도장이 또 다른 모습으로 구세대와 신세대를 연결하고 있다. 고딩들 덕분에 디지털과 아날로그의 합성어라는 '디지로그digilog'

가 어우러지는 인사동의 새로운 모습을 만나게 된 것이다. 아는 만큼 보인다. 아니 경험한 만큼 보인다.

노란 국화 옆에
하얀 차꽃이 피었더라

아침저녁으로 한 번씩 오고 가며 걷는 100미터 남짓한 도심 골목길이 주는 편안함을 누리고 있다. 담장을 따라 길게 놓인 여러 개의 커다란 화분에는 가을 열무와 갓 그리고 배추를 심었다. 작고 오래된 나지막한 한옥에 사는 노부부의 바지런한 손길 따라 철철이 품종이 바뀌는 농작물 몇 포기를 지나가며 바라보는 재미도 쏠쏠하다. 계절마다 여러 가지 채소들이 꽃노릇을 대신하며 회색 길 위에 푸른 생명력을 만들었다.

골목길이 끝나면 빙 둘러 있는 높은 빌딩이 담장을 대신하는 종로 조계사 마당이 나온다. 거기에서 화려한 가을꽃들의 향연이 펼쳐진다. 이제 국화축제도 막바지에 이르렀다. 늦가을 차가운 바람을 따라 그 향기는 더욱 짙어진다. 선인들은 가을바람을 '금풍金風'이라 불렀다. 푸른 것을 노랗게 물들이기 때문이다. 국화는 본래 노란색이지만 그 덕분에 금국金菊이라는 이름이 더해졌다.

음력을 사용하던 시절 옛 시인은 '구월 국화는 구월에 핀다(九月菊花九月開)'고 노래했다. 평범한 말이 오히려 더 긴 여운을 남기는 법이다. 이 말을 양력으로 환산한 '시월 국화는 시월에 핀다더라'라고 하는, 국화축제를 알리는 홍보 문구도 어느새 지나가 버린 10월을 뒤로 하고 보니 다소 바랜 느낌이다. 11월에는 그 표어를 볼 때마다 '늦가을 국화는 늦가을에 핀다더라'라고 읽어야겠다.

살다 보면 꽃을 줄 일도 있고, 받을 일도 있다. 그리고 꽃을 뿌릴 일도 더러 생긴다. 또 대규모 축제 행사장에서 눈처럼 쏟아지는 종이 꽃가루 세례를 받기도 한다. 그 옛날 우두 법융(牛頭法融 594~657) 선사는 새가 물어다 주는 꽃을 받았다고 전한다. 당신은 바위 위에 단정히 앉아 명상을 했을 뿐이다. 그런데 그 고요한 모습의 아름다움에 반한 새가 감동하여 꽃을 올렸다. 아마 가을이었다면 국화꽃을 물어다 주었을 것이다.

팔만대장경에서는 아름다워서 감동적인 순간을 하늘에서 꽃비가 내릴 때로 묘사했다. 새가 물어다 주는 한두 송이가 아니라 비가 오듯 쏟아지는 경우를 우화雨花라고 불렀던 것이다. 하지만 그 아름다움은 소나기가 지나가듯 잠깐이다. 그렇다고 해서 아쉬워하고 있을 수만은 없는 일이다.

순간적인 아름다움을 영원한 것으로 만드는 방법을 궁리하다가 드디어 묘안을 찾았다. 건물 이름에 '우화'를 붙인 것이다. 우화루雨花樓! 꽃 세례를 받고 싶을 때 언제나 상상의 꽃비가 가득 내리는 그 누각의 처마 아래에 서성대기만 하면 될 일이다.

하루 일과를 마치고 저녁 무렵 화려한 국화 마당을 뒤로하고 다시 골목 안으로 들어섰다. 어귀에 외따로 있는 화분에는 찔레꽃 같은 하얀 차꽃이 몇 송이 피었다. 아! 국화도 가을에 피지만 차꽃도 가을에 피는구나. 순간 10여 일 전에 만났던 부산 범어사의 차나무들이 생각났다. 꽃과 열매가 어우러져 제대로 정원수 노릇을 하고 있었다. 화실상봉花實相逢이라고 했던가? 꽃과 열매가 서로 한 가지에서 만난 것이다. 같이 있던 '알쓸신잡(알아두면 '쓸데없는' 신비한 잡학사전)'형 도반이 한마디 보탰다. 그 열매는 1년을 나무에서 보낸 묵은 열매라는 것이다. 그 덕분에 작년 열매와 올해 꽃이 상봉하였다. 열매는 꽃을 만나기 위하여 1년을 기다린 셈이다. 기다림의 아름다움이 무엇인가를 말없이 보여 준다.

국화의 화려함도 좋지만 차꽃의 소박함도 또 다른 아름다움이다. 화분인지라 땅심이 부족한 탓에 열매 없이 겨우 꽃 몇 송이 달고 있을 뿐이지만 '나도 가을꽃'이라며 도심 한구석에서 작게 빛난다.

세우는 것도 건축이요,
부수는 것도 건축이다

20대 예닐곱 명과 어울려 문화답사 삼아 주말에 선유도 공원을 찾았다. 겨울 끝자락의 강바람은 차가웠지만 그래도 봄기운을 살짝 머금은 따뜻함이 사이사이에 느껴진다. 양화대교 다리 위에 버스 정류장이 있다. 대뜸 "섬 맞아요?"라는 질문 아닌 질문이 튀어나온다. 공원 앞뒤로 강물이 흐르는 것을 보니 섬은 섬인 것 같다고 대답 아닌 대답을 했다. 그런데 대교는 섬을 위한 것이 아니다. 강의 남북을 마주하고 있는 육지와 육지를 이어주기 위한 용도로 만들어진 것이다. 섬은 단지 교각을 세우기 쉽다는 공학적·경제적 이유로 스쳐 지나갈 뿐이다. 섬은 시각적으로는 연결된 땅이지만 물리적으로 고립된 땅인 탓이다. 기여만 하고 혜택이 없던 섬에 공원이 조성되면서 끼워 넣기 삼아 만들어진 진입로인지라 뭔지 모르게 구조가 불편하고 어색하다. 하지만 다리 밑의 강물은 교각이 있을 때나 없을 때나 그저 무심하게 흘러왔을 것이다.

본래 섬이 아니었다고 한다. 곶처럼 한강으로 돌출되어 신선이 노닐 만큼 경치가 좋았던 선유봉은 시인 묵객의 발걸음이 끊이지 않았고 권력자의 정자가 세워졌으며 화가의 작품 배경이 되었다. 하지만 일제강점기와 6·25전쟁 전후에 군사적으로 필요한 시설을 보강하기 위한 암석과 모래를 여기서 채취했다. 인정사정없이 파다 보니 어느새 인위적인 섬으로 바뀐 것이다. 용도가 다해 버려진 섬은 산업화 시대를 거치면서 다시 필요에 의해 시멘트 구조물이 더해졌다. 도시민에게 수돗물을 공급하는 양수장으로 변신한 것이다. 한강이라는 물 위에 떠 있는 섬이지만 그 섬이 다시 물을 담게 되는 또 다른 모습으로 바뀌었다. 인근의 밤섬 역시 여의도 개발에 필요한 골재 조달을 위해 없어지다시피 했지만 다시 그 자리에 자연스럽게 강물을 따라 온 모래와 흙이 퇴적되면서 수십 년 만에 본래보다 더 큰 섬으로 회복되었다(지금도 계속 넓어지고 있다고 한다). 섬도 자생력을 지닌 말 없는 생명체인 것이다.

선유도 공원을 만든 조경가 정영선 선생과 건축가 조성룡 선생은 모두 면식이 있는 어른이다. 스쳐 가듯 맺어진 인연이지만 그것도 인연인지라 선유도 공원은 또 다른 느낌으로 닿아 온다. 왜냐하면 작품이란 그 사람의 또 다른 모습인 까닭이다. 가장 어려운 화장은 안 한 듯한 화장이라고 했다. 마찬가지로 가장 어려운 조경은 손대지 않은 듯한 자연스런 조경이라고 한다. 정 선생은 그런 조경을 추구했다. 조 선생은 우리들의 몸이 세월을 느끼고 그 세월의 흔적을 새기는 것처럼 그 땅이 지닌 과거의 기억을 존중코자 하는 철학의 소유자다. 어떤 장소이건 세월을 느끼고 세월을 살아가고 세월의 흔적이 남기 마련이다. 과거를 음미하면서 미래를 느낄 수 있는, 그런 현재의 모습을 추구한 당신의 건축관을 적극 반영할 수 있는 좋은 기회였다는 말을 사석에서 들었던 기억이 새롭다. 세우는 것만 건축이 아니라 부수는 것도 건축이라고 했다. 그래서 철거 회사도 'ㅇㅇ건축'이란 상호를 사용하는 모양이다. 용도 폐기된 양수장 건물에서 남길 것은 남기고 버릴 것은 버리고 보탤 것은 보탠 것이 현재의 선유도공원이다.

취수 펌프장을 재활용하여 만든 카페의 창가에 앉았다. 삐죽한 낡은 기둥이 강바닥까지 맞닿아 있다. 청계천을 복원하면서 기념비 삼아 남겨둔 몇 개의 시멘트 교각을 생각나게 한다. 눈을 돌리니 한강 너머 높다란 빌딩들이 그리는 스카이라인 뒤편 북한산이 미세먼지 속에서 흐릿하게 보인다. 섬에서 섬을 보기도 하지만 섬은 육지를 보기 위한 장소도 된다. 젊은이들에게는 강 건너 있는 대학 캠퍼스에서 순위를 다투는 공부 전쟁과 치열한 취업 경쟁에서 한 발자국 비켜서서 잠시나마 마음을 추스르고 스스로의 긴장감을 내려놓을 수 있는 공간이 될 것이다.

바다에도 섬이 있지만 강에도 섬이 있다. 바다의 섬은 나름의 독자성이 강하지만 강 속의 섬은 늘 육지와 함께 한다. 예전에 정치적인 이유로 유배를 당할 때면 바다의 섬보다 육지의 섬을 더 선호할 수밖에 없었던 이유다. 바다 섬보다는 육지 섬에 있는 쪽이 돌아올 확률이 훨씬 높고 유배 기간도 짧았기 때문이다. 물론 죄의 경중에 따라 결정되는 것이니 선택의 여지는 별로 없었다. 탱자나무 숲으로 두른 땅을 섬 삼아 가두어 두는 위리안치圍籬安置는 육지 속의 심리적 섬이라 하겠다. 오늘날 스스로 '방'이라고 하는 섬에 자기를 가두는 '방콕족'도 늘고 있다. 그 정도가 지나친 '히키코모리'라는 말조차 이제 낯설지 않은 단어가 되었다. 스스로의 유배를 통한 스스로의 구원 방식인 셈이다.

당나라 때 마조(馬祖, 709~788) 선사는 동그라미를 땅바닥에 그려 놓고 "들어가도 때리고 들어가지 않아도 때리겠다(入也打不入也打)."고 했다. 이래도 맞아야 하고 저래도 맞아야 한다. 섬에 들어가도 맞아야 하고 섬을 나와도 맞아야 한다. 도피를 위해 섬으로 갔다면 자기에게 스트레스를 받고 섬에서 나와 삶의 현장에 서면 다른 사람에게 스트레스를 받기 때문이다. 이래저래 갖가지 스트레스로 얻어맞을 일밖에 없는 것이 사바세계인 것이다.

서울 종로 거리가
탑골공원에 진 빚

문화거리 인사동길을 산책 삼아 걸었다. 해마다 부처님오신날 무렵이면 달아 놓는 연등들은 전통 거리의 운치를 한껏 더해 준다. 하지만 이런 문화유산의 혜택을 누리는 것도 역으로 계산하면 옛사람에게 빚을 지고 있는 것이다. 왜냐하면 문화유산이란 보존·전승해야 할 책임이 뒤따르는 까닭이다. 연등축제는 2012년 국가무형문화재로 등록되었고 2020년 12월 16일 유네스코 인류무형문화유산에 등재되었다. 신라 이래 천 년 이상 전해 내려온 문화유산에 대한 의무를 후손들이 힘을 모아 일정 부분 갚은 것이라고 하겠다.

인사동仁寺洞은 인근 몇 개 마을이 합해지면서 대표격 동네 이름의 머리글자를 딴 지명이라고 한다. 뒷글자 사동은 대사동大寺洞이다. 우리말로 댓절골이라고 했다. 큰절이 있기 때문이다. 고려 때는 홍복사興福寺로 불렸고 조선 시대에 원각사圓覺寺로 바뀌었다. 이후 사찰은 없어졌지만 그래도 탑은 그대로 남았다. 댓절골도 덩달아 탑골이 되었다. 그 이름자는 인사동길 끝머리의 '탑골공원'으로 계속 이어졌다. 일종의 문화적 부채 의식 때문이다. 느긋한 걸음으로 담장 밖 둘레길을 따라 한 바퀴 돌았다. 코로나19로 인하여 공원 정문이 굳게 닫혀 있었기 때문이다.

탑골공원은 조선 시대 연등회 기록이 남아 있는 곳이다. 『조선왕조실록』에는 세조 13년(1467) 음력 4월 8일 "석탑을 완공하고 연등회를 베풀면서 낙성했다(圓覺寺塔成 設燃燈會以落之)."고 했다. 준공을 한 달 앞둔 3월 일본 승려 도은道誾이 조정을 찾아왔다. "중국 사찰을 두루 관람하였습니다만 듣건대 원각사 탑이 천하제일이라 하니 친견할 수 있기를 원합니다(僧遍覽中原寺刹 聞圓覺寺塔爲天下最 願今日觀賞)."라는 청탁을 했다. 공개도 하기 전에 이미 이웃 나라까지 소문이 날 정도로 명품이었다. 모르긴 해도 도은 스님은 사신의 일원으로 따라왔을 것이다. 세종 때도 일본 승려들이 몰려와서 대장경을 달라면서 떼를 쓰곤 했다. 어쨌거나 이튿날 탑을 감상하도록 배려했다. 이제 12미터 높이의 대리석 10층석탑(국보 제2호)은 자연적인 풍화와 함께 비둘기 떼의 배설물로 인한 부식 문제를 해결하고자 1997년 유리 보호각을 씌웠다. 현대적인 기술을 빌려 문화적인 빚을 얼마간 상쇄했다고 하겠다.

100여 년 전 종로 거리 연등축제 행렬도 그 출발점은 원각사 터인 탑골공원이다. 이곳에서 꽃으로 장식한 아기부처님 이마에 물을 붓는 관불灌佛 의식을 거행했다. 저녁에는 흰 코끼리 상을 선두로 종로·을지로·광화문을 한 바퀴 도는 제등(提燈, 등을 손에 들다) 행진을 했다. 조선 초기 불교의 본사(本寺, 중심 사찰) 역할을 하던 원각사는 연산군 때 문을 닫았지만 1910년 인근에 조계사가 창건되면서 연등회 등 문화유산을 물려받은 것이다. 연등길을 따라가니 이내 제야의 종으로 유명한 보신각 누각 앞이다. 종로라는 길 이름도 구區 이름도, 종각이라는 지하철역 이름도 모두 종루鍾樓에서 비롯된 것이다. 매달렸던 종은 세조 때 주조했던 원각사 대종이다. 1985년 현대식 종으로 바뀌기 전까지 그 소임을 다했다. 이래저래 종로 지역은 오늘까지 원각사에 적지 않은 문화적 빚을 지고 있는 셈이다.

조선의 김종직(金宗直, 1431~1492) 선비는 『점필재집佔畢齋集』에 당시 종로 거리의 관등(觀燈, 등불 즐기기) 풍습에 대해 기록을 남겨 두었다. 인도에서 성인이 탄생하신 것을 축하하기 위해 조선 땅은 연등회로 불야성을 이루었다. 하지만 아픈 몸 때문에 축제에 참가하지 못한 채 남산에서 바라보며 상심한 마음을 달랬노라고 적었다. 당신의 대리 만족을 위해 썼던 그 문장은 600년 후 연등회 자료를 찾던 뒷사람에게 적지 않은 문화적 기여가 되었다. 더불어 필자도 점필재 선생의 글 인용이라는 숟가락 얹기를 통해 덤

으로나마 그동안 종로에서 누린 문화 혜택에 조금이라도 보답할 수 있는
빚 갚는 기회가 되었다.

　　날이 밝도록 이끄는 이를 뒤따라 연꽃 등을 들고서 춤추며 놀고
　　하늘 가득한 별들은 휘장 너머 연등 불빛과 얽히면서 더욱 밝아라.

　　徹曙魚環蓮焰舞　滿天星繞彩棚明

남산에서 바라본 한양(서울) 풍경. 김수철, 〈경성도(京城圖)〉, 국립중앙박물관 소장

낡아가며 새로워지는 것들
(장소)

:: • 뒤 숫자는 해당 장소가 등장하는 글의 시작 쪽수입니다.

낡아가며 새로워지는 것들
(인물)

사진 출처

- 국립중앙박물관 105, 129, 264, 300~301
- 문화재청 91
- 간송미술문화재단 155
- 삼성문화재단 180~181
- 해인사성보박물관 53
- 위키미디어 25, 232~233

- 공공기관을 통해 사용한 사진은 공공누리 제1유형 자료를 이용하였음을 밝힙니다.
- 사진 게재를 허락해 주신 단체와 관계자에게 감사드립니다.

**낡아가며 새로워지는
것들에 대하여**

ⓒ 원철, 2021

2021년 6월 15일 초판 1쇄 발행
2021년 7월 13일 초판 2쇄 발행

지은이 원철
발행인 박상근(至弘) • 편집인 류지호 • 상무이사 양동민 • 편집이사 김선경
책임편집 김소영 • 편집 이상근, 김재호, 양민호, 권순범
디자인 쿠담디자인 • 일러스트 에토프(étoffe) • 제작 김명환
마케팅 김대현, 정승채, 이선호 • 관리 윤정안
펴낸 곳 불광출판사 (03150) 서울시 종로구 우정국로 45-13, 3층
　　　대표전화 02) 420-3200 편집부 02) 420-3300 팩시밀리 02) 420-3400
　　　출판등록 제300-2009-130호(1979. 10. 10.)

ISBN 978-89-7479-926-7 (03810)

값 17,000원